有三隻龍躲在雲霧中，
試著找找看吧！

怪奇漢方桃印 1

給你一帖退魔封蟲散！

文 廣嶋玲子　圖 田中相

楔子

聽說這座綠意盎然的小山上，曾經有一座漂亮的城堡，以前從來沒有見過這麼豪華的城堡，城堡內雕梁畫棟、金碧輝煌，就連外國人也都驚訝的說：「連歐洲都沒有這麼漂亮的城堡。」

但是，如今城堡已經沒了，小山上長滿了草木，只剩下少許石牆和直通往山頂的石階。

忽然有一個圓滾滾的人影出現在石階上。

那個人放下沉重的木箱子，重重的喘了一口氣。

「呼，啊呀啊呀，原來當年就是在這個城堡實現了天下霸主的夢想。那我就在這裡休息一下，順便幫助一下人類喲。」

他坐在石階上，從懷裡拿出一個銀色的小鈴鐺搖了起來。

「叮鈴，叮鈴鈴鈴鈴。」

清澈優美的音色好像漣漪般，傳向四方。

怪奇漢方桃印 1

目錄

第1章 退魔封蠱散

啊啊啊，好討厭，真不想回家。因為那個傢伙在那裡——有個「外出靈」在家裡。

美穗慢吞吞的走在放學路上，一步又一步，每一步都走得很不甘願，因為她希望盡可能晚一點回家。

不一會兒，就看到房子出現在前方，她頓時冒了全身冷汗。

外出靈現在應該在家裡睜大著眼睛，心懷不軌的等美穗回家。

「啊，好可怕，好可怕，誰來救救我！誰能來幫我把外出靈從我家趕走！」

美穗快哭出來了，在內心默默祈禱。

就在這時……

「叮鈴。叮鈴鈴鈴。」

美穗驚訝的抬起了頭。

「什麼聲音？聲音很清脆。那是鈴聲嗎？」美穗心想。

她前一刻內心還充滿了恐懼和不安，但聽著鈴聲，內心的恐懼和不安漸漸消除了。

「只要去發出鈴聲的地方，或許就可以得救，或許有人可以救我。」美穗沒來由的產生了這種想法，接著不顧一切的跑向鈴聲傳來的方向。不一會兒，她來到了一座小山前。

美穗知道這裡是什麼地方——以前有一個叫織田信長的知名武將，曾經在這座山上建了城堡，她抬頭看著那條一直通往山頂的石階。

啊，有人在石階上，而且他正在向她招手。

美穗情不自禁走上石階。石階很陡，當她走到那個人面前時已經滿身大汗。她用力喘著氣，看著那個人。

那個爺爺看起來很不尋常。他個子矮小，身體圓滾滾的，身上穿著乾淨的淺棕色農夫服，頭上戴的草帽很大，簡直就像一把雨傘。

他的臉上都是皺紋，兩道白色眉毛很濃密，幾乎遮住了眼睛。不過，他的鬍子竟然是粉紅色，而且很長，綁成了麻花辮，上面繫著粉紅色的緞帶，整個人看起來很奇妙，又超可愛。

這個爺爺身上背了一個很大的長方形木箱，木箱就像衣櫃一樣有把手，門的中央還刻了桃子圖案。

爺爺靠在大木箱上坐在那裡，左手一直搖著小鈴鐺。當他看到美穗走過來時，立刻停止搖鈴，把鈴鐺放進了懷裡，對著美穗露出親切的笑容。

「你好，歡迎來到桃公的桃記中藥。」

「桃、桃公？」

「這是我的名字喲。雖然不是本名，但桃公叫起來比較方便，而且這個名字聽起來也很可愛。你有什麼事嗎？既然你聽到鈴聲來這裡，想必是遇到了什麼麻煩事，對不對喲？」

桃公說話很可愛，而且說話的聲音好像小鳥在叫。美穗呆若木雞的注視著他，完全搞不清楚狀況。

「失禮一下。」桃公見狀，打了一聲招呼後，把手指放在美穗的手腕上。

「喔喔喔，這樣啊，這樣啊，你的脈搏很亂喲，而且也可以感受到邪氣……嗯嗯，這樣啊，這樣啊。」

「呃，請問……」

「啊，對不起喲，我剛才為你把一下脈，現在已經了解大致情況了喲。」

桃公的手指離開了美穗的手腕，然後直視著美穗，直截了當的問：

「你是不是做了什麼壞事？這是受到詛咒了喲。」

這句話重重刺進美穗的心裡。

美穗臉色發白，渾身發抖，桃公語氣溫柔的對她說：

「我希望你能告訴我，為什麼會發生這種事喲。……你願意告訴我嗎？」

美穗好像決堤般，把這幾天發生的事全都說了出來。

事情的起源是，美穗的同學真希在圖書館發現了一樣東西，並拿來給她看。

「美穗，你看你看！我發現了這個！」

真希把一張折起來、很陳舊的紙遞到美穗面前，那張紙上有滿滿的文字和圖案。

真希興奮的對美穗咬耳朵說：

「這張紙夾在占卜的書裡，好像是進行祕密儀式的方法。」

「不會吧？真的嗎？」

「嗯，能從靈界召喚神靈，還可以告訴我們很多事，而且被召喚的神靈會成為我們強大的朋友。你看，這張紙背面還寫了進行儀式的方法，我們來試試看。」

「聽起來真不錯。」美穗馬上點頭表示同意。

最近他們迷上了占卜和不可思議的事，而且漸漸覺得占卜有點不太過癮，可以召喚神靈實在太有趣了。

那天放學後，他們決定去美穗的房間進行儀式。美穗和真希按照紙上寫的內容，準備了兩根蠟燭，接著在一張很大的紙上，畫了一個奇怪的圓形圖案。

「完成了，接下來呢？」

「上面寫著要準備一個人偶，放在畫好的圓上，然後唸咒語。」

「人偶？絨毛娃娃可以嗎？」

「應該沒問題，你就隨便拿一個娃娃出來。」

美穗決定用表哥之前在遊樂場夾到的兔子絨毛娃娃。因為她不喜歡這個兔娃娃，所以一點都不會捨不得。

她把兔娃娃放在圓形圖樣中央，把兩根蠟燭放在兔娃娃前面，為蠟燭點了火。接著，拉上窗簾，房間暗下來之後，兩個人一起唸咒語。

「外出靈，請和我們當好朋友。外出靈，請給我們啟示。外出靈，請出來，請出來，請出來。」

這就是紙上寫的咒語。

唸完咒語後，美穗和真希都一動也不動坐在那裡，因為「現在正在舉行神奇的儀式」這件事讓他們感到興奮不已。

這時，明明沒有風，蠟燭的火焰卻用力搖晃起來……

「你、你看到了嗎？」

「看到了！外、外出靈，真的在這裡嗎？如果在的話，請讓右側蠟燭的火搖晃一下。」

真希的話音剛落，右側蠟燭的火用力搖晃。

「哇！不會吧、不會吧！真的在這裡！」

「太棒了！外出靈，你願意成為我們的好朋友嗎？願意的話，搖晃右側蠟燭的火；如果不願意，就搖晃左側的火。」

右側的燭火再次搖晃起來，美穗和真希兩個人興奮不已。

之後，他們又和外出靈聊了很多事。雖然說是聊天，但其實就是他們問各種問題，外出靈用「Yes、No」來回答。

即使這樣，他們也感到很滿足。因為自己竟然能夠和神靈溝通，這件事太有趣了，甚至覺得自己與眾不同。

美穗越來越大膽，忍不住對外出靈說：

「外出靈，你願意幫我的忙嗎？我們班上有一個男生很討厭，你可以幫我去教訓他嗎？」

——Yes。

「你、你真的願意嗎？」

——Yes。

「太好了！那個男生名叫竹田岳，他很粗暴，也很調皮，你一定要好好教訓他。」

這一個月來，竹田岳經常找美穗的麻煩，開口閉口就罵她「醜八怪！」，或是朝她喊：「醜八怪滾開！」那些話太傷人了，所以美穗非常討厭他。

「一定要好好折磨他。」美穗內心暗想著。

右側的燭火好像吸收了美穗內心的恨意，用力搖晃了好幾次。

真希也雙眼發亮的將身體往前。

「外出靈，那我也可以請你幫忙嗎？我討厭一個女生，所以也想請你去教訓她。」

——Yes。

「太好了！謝謝。那個女生名叫伊藤幸惠，拜託你了。」

美穗看到蠟燭回答「Yes」，慌忙對真希說：

「喂！真希，幸惠沒那麼壞，雖然她有點古怪，但她很文靜，也從來沒有做過什麼壞事啊。」

「但我看到她很火大，她總是一個人坐在那裡看書，一副很了不起的樣子，看了就生氣。真希望不要在學校看到她了。」

「你最好不要這麼說。反正幸惠沒有做壞事，外出靈，真希拜託你的事請取消。」

——No。

左側的燭火突然用力搖晃起來。這時，美穗才感覺到有點不太對勁。

「這是怎麼回事？房間內的空氣好像和剛才不一樣了。」而且她好像聞到了一股臭味，只是臭味很快就消失了。

美穗努力擠出笑容，拜託外出靈：

「那個、對不起，真希剛才在開玩笑，伊藤幸惠不是壞同學，不用去教訓她。」

——No。

「拜託你了，不要去教訓幸惠。」

——No。

左側蠟燭的火越燒越旺，而且竄得很高，發出很臭的味道，好像是什麼很髒的動物發出來的臭味，而且臭味越來越濃烈。

美穗和真希都捏起鼻子互看著，兩個人的臉色都發白。

「慘了，這下子真的慘了。」

「出、外出靈，請你回去吧。」

「對、對啊，今天已經聊夠了，我們下次再聊。好不好？今天請你回去吧。」

——No！No！No！

火竄得越來越高，幾乎快燒到天花板了。

「哇！」

她們忍不住尖叫起來。這時，左側的蠟燭好像被火吞噬般燒完了，右側的蠟燭也同時熄滅了。

房間內一片黑暗，靜悄悄的。

「啊，啊啊啊……」

美穗回過神後，跑到窗邊，拉開了窗簾。明亮的光線照在身上，她終於鬆了一口氣。她接著打開了窗戶，風吹了進來，房間裡的那股惡臭很快就消失了。

美穗和真希收拾了剛才進行儀式時用的東西，兩個人都沒有說話。為了謹慎起見，他們把畫了圓形圖案的紙張撕碎，又把熔化的蠟燭丟進垃圾桶，美穗則把兔娃娃塞進壁櫥的最深處。

「沒問題的。以後再也不玩這種儀式了，這樣就不會和外出靈牽扯不清，所以一定不會有問題。」美穗和真希都這麼告訴自己，決定忘記今天的事。

沒想到……

隔天，美穗去學校時大吃一驚。因為她最討厭的男生竹田岳臉上貼了一塊很大的OK繃，男生都圍著他問：「你怎麼了？」

「昨天，相框從架子上掉下來，相框的邊角剛好砸在我臉上。」

「哇，聽起來就很痛，有沒有流血？」

「流超多血，我媽嚇得臉都白了，急忙帶我去了醫院，整整縫了四針。」

竹田岳得意的跟其他同學分享時，他發現了美穗在看他，便瞪大眼睛說：

「醜八怪，看什麼看！」

美穗火冒三丈，忍不住說：

「別罵我醜八怪！也不看看自己現在有多醜！」

令人驚訝的是，竹田岳竟然哭了。

老師走進教室，斥責美穗說：「你不可以這麼說受傷的人。」

老師也罵了竹田岳說：「你不可以罵女生醜八怪！」這次爭吵，竹田岳和美穗兩敗俱傷，兩個人都受到了懲罰。

竹田岳很沮喪，但美穗根本沒把被老師罵的事放在心上。

「沒想到拜託外出靈後，竹田岳真的出事了，所以幸惠是不是也遇到了什麼倒楣的事？」美穗很擔心。

她一整天都偷偷觀察幸惠，不過幸惠看起來和平時沒什麼兩樣，無論上課時還是下課的時間，都獨自靜靜坐在自己的座位上。

「幸惠似乎沒有發生任何狀況。」美穗稍微放了心。

沒想到放學準備回家，在鞋櫃前換鞋子時，剛好遇到了幸惠。幸惠看到美穗，突然對她說：

「昨天有隻兔子來我家。」

雖然美穗嚇了一跳，但還是擠出笑容說：

「喔、喔喔，這樣啊，有兔子去你家，真是太可愛了。」

「不，一點都不可愛，因為那是一隻壞兔子，所以我叫牠走開，把牠趕走了。」

「這、這樣啊。」

「我想那隻兔子應該回去牠的飼主那裡了。」

幸惠說完這句話，換好了鞋子，就走出學校了。

美穗愣在原地無法動彈。

「壞兔子。被趕走了，回去飼主那裡？這是怎麼回事？唉，真討厭，有一種不安的感覺。」美穗自言自語。

結果美穗的不祥預感成真了。

那天晚上，美穗經歷了奇怪的事。她明明在床上睡著了，但發現自己像是醒來了一樣。雖然閉著眼睛，但可以看到房間內的情況，還可以清楚看到自己躺在床上。

「啊啊，原來是這樣，我一定是在做夢。」正當她這麼想的時候，壁櫥的門緩緩打開了。壁櫥門悄然無聲的打開後，有一個毛絨絨的東西從門縫中擠了出來。

是那隻兔娃娃，而且兔娃娃竟然會動，簡直就像有了生命。

美穗嚇得心臟噗通噗通跳，但她拚命告訴自己：「沒事，這是夢。只要醒過來就沒事了。趕快醒過來！我要趕快醒過來！」

但是，無論她再怎麼努力，還是無法醒來。

兔子跳到正在睡覺的美穗胸口，探頭看著她的臉，然後突然跳開了，離開了房間。

美穗才剛鬆了一口氣，就聽到了嘎答嘎答的聲音。

「是那隻兔子在跳來跳去，牠在幹什麼？」

美穗緊張的豎起了耳朵，兔子又跳回了房間。美穗以為牠會回去壁櫥內，沒想到牠跳到窗前，打開窗戶，從窗戶跳了出去。

「啊，牠要去真希那裡。」正當美穗這麼想的時候，她醒了過來。天亮了。

她忍不住看向壁櫥。

「那一定是夢。那隻兔子一定在壁櫥深處。絕對是這樣！如果還是不安的話，只要打開壁櫥確認一下就好，沒錯！我確認一下，之後就可以放心了。」

但是，她最後並沒有打開壁櫥，因為她害怕看到那隻兔子。

她慢吞吞起了床，走去廚房，發現媽媽正手忙腳亂的準備早餐。美穗家的早餐都吃麵包，今天的餐桌上竟然放著白飯。

「媽媽，麵包呢？」

「啊，美穗，早安，沒注意到麵包發霉了，可能是袋口沒有封好，溼氣跑進去了。太奇怪了，現在又不是梅雨季節。我現在來煎荷包蛋……啊！」

「怎、怎麼了？」

「蛋、蛋都被打破了。啊，冰箱裡都黏答答的！怎麼會這樣啊！真是的！」

媽媽一個勁的開始清理冰箱，美穗只好把香鬆撒在冷飯上，當做早餐。她每天的早餐都是奶油土司、白煮蛋，外加一杯可可，她覺得今天的早餐吃起來完全沒有滿足感。

沒想到接下來又發生了不幸的事……

當她穿好鞋子，準備出門去上學，腳卻被絆倒了，頭還差點撞到門上。

美穗低頭一看，她發現兩隻鞋子的鞋帶竟然被綁在一起，根本沒辦法走路。

「這是誰弄的？」雖然美穗猜到了原因，但她刻意不去想到底是誰幹的壞事。她急急忙忙解開鞋帶，衝出家門，去了學校。

走進教室後，她準備把課本和筆記本從書包裡拿出來時，忍不住瞪大了眼睛。書包裡裝的不是課本，而是塞滿了漫畫。

「怎、怎麼會……？」

昨天她明明把課本都放進了書包，為什麼會變成這樣？

美穗臉色鐵青，愣在那裡。

「美穗……」回頭一看，真希站在那裡，臉色蒼白，神色很緊張，她說「我跟你說，我昨天做了很奇怪的夢。」

「……」

「我夢見你的兔娃娃跳進我房間。然後……兔、兔子露出很可怕的表情笑了起來。早上起床後，家裡的馬桶塞住了，鞋子裡有圖釘，總之，發生了很多怪事。」

「我家也是。」美穗很想這麼說，但聲音卡在喉嚨，什麼話都說不出來。

真希一臉快哭出來的表情，壓低聲音說：「因、因為我很害怕，所以剛才就看了那張寫了進行儀式方法的紙，沒、沒想到，下面還有一行小字，說要在蠟燭燒完之前，讓召喚出來的神靈回去靈界，否則，神靈就會進入人偶或娃娃中，留在這個世界上。」

「不會吧……？」

「我沒騙你，所以這應該是報應？是外出靈在作祟吧？你覺得怎麼辦才好？」

「不、不知道，我怎麼會知道？」

兩個人臉色蒼白的互看時，老師走進了教室，她們不能繼續聊外出靈的事，走回了各自的座位。然後開始像平時一樣上課，但對美穗來說，簡直就像身處地獄。

因為她既沒有課本，也沒有筆記本，只能請旁邊的同學借她看，越是這種時候，就越會被老師點名起來回答問題，而且她已經被叫了好幾次。

美穗答不出來，臉漲得通紅，覺得無地自容。

真希似乎也接連遇到了倒楣事。她忘了帶作業，上體育課前準備換運動服時，發現運動服上都沾滿了泥巴。

總而言之，對他們兩個人來說，今天簡直糟透了。

上完所有的課時，美穗忍不住嘆氣：「呼！終於放學了。」

她正慢吞吞的收拾東西，真希走了過來，臉上的表情好像快哭出來了。

「美穗，這絕對有問題，一定是外出靈在作祟！」

「嗯……我也這麼覺得。」

「是不是？你覺得該怎麼辦？不知道怎樣才能解除這種情形。」

「我怎麼會知道？那張紙上沒有寫解除的方法嗎？」

「我看過了，上面沒有寫。」

「啊喲！都怪你發現了那張祕密儀式的紙……」

「你現在說這種話是什麼意思！你這樣也算朋友嗎？」

真希生氣的瞪著美穗，眼中燃燒著怒火。

「算了，我去問我爺爺。我爺爺是和尚（註），一定會幫我想辦法解決。你就自己想辦法解決吧，我不管你了。」

「等、等一下！」

美穗叫著真希，但真希甩開了她的手，走出了教室。

美穗拚命追了上去。

「等一下，你不要走。既然你要去找和尚，帶我一起去。」美穗想拜託真希。

但是，真希跑得很快，轉眼之間就不見了。

美穗只好獨自慢吞吞的走回家。她很不想回家，因為那隻兔子——那個外出靈——還在家裡。

所以，當她看到自己的家出現在前方時，內心的恐懼幾乎讓她整個人都動彈不得。

「啊啊，好可怕，好可怕！誰來救我！誰來幫我把外出靈趕走！」正當她發自內心這麼想的時候……

「叮鈴鈴，叮鈴鈴鈴。」

她聽到了清脆的鈴聲。

不知道哪裡傳來的鈴聲深深吸引了美穗。

她不顧一切尋找著鈴聲傳來的方向，結果就遇到了桃公。

桃公聽美穗說完後，不停的點著頭。

「這樣啊，原來如此，原來如此。嗯，你來這裡就來對了。你的症狀很棘手喲，以災難的等級來說，差不多是三級喲。」

「災、災難等級？」

「嗯，一級最低，五級最危險喲。」

桃公直視著美穗。

美穗可以感受到桃公兩道濃眉下的雙眼正炯炯有神，像是在發亮。

「會變成目前的狀況有三個原因。首先，你們沒有搞清楚內容，就舉行了儀式，結果喚醒了莫名其妙的東西。然後，你們沒有遵守舉行儀式的方法，最糟糕的是，你們用這個儀式來詛咒別人喲。」

「我、我們並沒有詛咒……」

「咦？你不是要求外出靈教訓班上的男生嗎？還說要教訓班上不喜歡的女生。」

「那、那不是我，而且，幸、幸惠好像什麼都沒發生。」

「那是因為那個女生把災難趕走了喲。她的靈魂很堅強，而且受到很多保護，所以就把上門搗蛋的惡靈趕走了，也就是說，你們的詛咒遭到破解。至於遭到破解的詛咒會去哪裡呢，當然就是回到了詛咒的人身上啊，所以你們才會遇到倒楣事和奇怪的事喲。」

美穗想起了幸惠昨天說的話——

「有一隻壞兔子上門，所以我把牠趕走了，我想那隻兔子應該回去牠的飼主那裡了。」

原來幸惠昨天那麼說，就代表詛咒遭到破解，又回到了美穗和真希身上。

美穗渾身發抖。

這就代表自己和真希受到了詛咒。原本只是覺得好玩，為什麼會變成這麼可怕的事？

美穗抱著一絲期待問桃公。

「但、但是，我們已經遇到了不幸，以後不會再遇到了吧？」

「啊，不可能喲。」桃公很乾脆的回答。

「因為詛咒一旦回來，就無法消失，照這樣下去，情況會越來越嚴重。現在只是惡作劇的程度，之後就會越來越嚴重喲。」

「怎、怎麼會這樣！」

「詛咒別人就會變成這樣，詛咒就是這麼可怕的事。」

桃公的聲音雖然很平靜，但很有分量，重重打在美穗的心上。

美穗大受打擊。其實她之前就想到，自己和真希不該這麼做，但原本以為已經遭到了報應，所以會獲得原諒。

美穗低著頭，渾身發抖，桃公注視著她，突然開口問她：

「我可以問你一個問題嗎？你家裡有沒有你從小就很珍惜的人偶或是娃娃？」

「啊？」這個爺爺竟然在這種時候問這麼奇怪的問題。

但是，美穗立刻想起了「露露」。

露露是奶奶為她做的小狗娃娃。美穗小時候很喜歡露露，總是和露露一起玩。雖然現在很少玩那個娃娃了，但仍然放在床上。

美穗把這件事告訴了桃公，桃公開心的搓著手說。

「親手做的小狗娃娃，太棒了，太適合了喲。很好很好，那我調配一帖可以改善災難症狀的中藥給你。」

「中藥就可以解決嗎？」

「可能有辦法，也可能不行，但是試一試，總比什麼都不做好，對不對？」

桃公說完，啪答一聲，打開了放在旁邊的木箱蓋子。

美穗看了大吃一驚。木箱裡有許多小抽屜，桃公從抽屜裡接連拿出各種奇怪的東西。

裡頭有不知道是什麼植物的根，還有彎曲的角、魚頭的骨頭，還有乾燥的花苞。

周圍頓時瀰漫著奇妙的味道，有刺鼻的味道，也有像溼泥土的味道，還有像花蜜般甜甜的味道。

不知道是不是因為聞到這些味道的關係，美穗覺得有點恍恍惚惚，但是當她看到桃公拿出一個很大的研磨缽時，忍不住覺得很奇怪。因為她無論怎麼看，都覺得那麼大的研磨缽不可能放進抽屜裡。

「桃公到底是從哪裡拿出來的？這個有抽屜的木箱是不是有點奇怪？」

正當美穗開口想要發問時，桃公小聲的叫了起來。

「哎呀，慘了，沒有那個！我忘了補充喲。……你可不可以幫忙跑腿一下？」

「好、好啊。」

「謝謝，那就請你去找『那個』。」

「那、那個是什麼？」

「就是那個、那個啊。啊呀呀，我忘了叫什麼名字，忘得一乾二淨……反正就是那個嘛。」

「你光說『那個』，我根本不知道是什麼啊。」

桃公好像在唱歌一樣說：

「雖然是活的，但現在已經沒有生命，但又從來沒死過，你去找回來喲。」

「這、這是什麼啊？」

「反正就是那個嘛，那就交給你了喲，我會利用這段時間來調配中藥。」

「我、我完全不懂……」

「我根本不可能找到你說的東西啊。」美穗原本想這麼說，但桃公靜靜的開了口說了一句打斷了她的話。

「你不想從詛咒中得救嗎？」

「……」

美穗說不出話，不過，她卻突然領悟到一件事——她現在的處境真的很危險，正站在能不能得救的邊緣。

她突然想起了那個外出靈附身的娃娃，頓時感到不寒而慄。

「我、我去，我去找。」

「謝謝喲，我想附近的林子裡應該就可以找到，那就拜託你了。」

桃公說完，把從木箱子裡拿出來的魚骨頭放進研磨缽內，嘎哩嘎哩磨了起來。

美穗無可奈何，只能走向覆蓋了整座小山的樹林，腦袋中拚命思考著。

「雖然是活的，但現在已經沒有生命，但又從來沒死過。」

這聽起來簡直就像是腦筋急轉彎，美穗完全沒有頭緒。

到底是什麼東西？桃公說，林子裡就有，如果看到的話，應該就會知道？

「不過……我真的要走進樹林嗎？」

美穗在樹林前裹足不前。

她很怕這種有很多草木的地方，因為到處都有她最討厭的蟲子，而且那些蟲子會隨時出來嚇人。

「沒、沒什麼好怕的，現在是秋天，不是夏天，所以不會有什麼蟲子。」

美穗鼓勵著自己，走進了樹林。

樹林中一片秋天的景象。雖然雜草還很綠，但樹葉已經變成了紅色、黃色和棕色，風一吹，就發出沙沙的聲音。地上除了落葉，還有許多橡實，到處都可以看到蕈菇探出頭。

美穗撿了一根樹枝，戰戰兢兢的撥開草叢，以免蟲子突然跑出來嚇人。

「雖然是活的，但現在已經沒有生命，但又從來沒死過……雖然是活的，但現在已經沒有生命，但又從來沒死過。」美穗嘴裡不斷唸著。

「啊，想不出來，我還是搞不懂這是什麼意思啊。」

美穗越來越煩躁，便把手上的樹枝用力丟了出去。但丟出去之後開始後悔，因為沒有樹枝，她就無法撥開草叢。

她急忙又找到了一根樹枝，正準備撿起來時，忍不住大吃一驚。因為她發現樹枝的前端黏了一隻棕色的蟲。

「啊！」

美穗發現那其實是蟬蛻，嚇得渾身發抖。雖然知道蟬蛻裡面並沒有蟬，但蟬蛻的外形讓人感到很可怕，因為外觀明顯留下了原本在裡頭幼蟲的樣子。

而且因為她的衣服曾經沾到蟬蛻，從那次之後，她就更害怕蟬蛻了……而且她想起那次也是竹田岳惡作劇。

美穗越想越生氣。

「我為什麼會遇到這種事？竹田岳得到教訓是自作自受。因為他真的很惡劣，不是我的錯，我沒有錯，即使詛咒竹田岳，也不應該遭到懲罰。」

想到這裡，就覺得蟬蛻就像是討厭的竹田岳，她抬起腳，想要把蟬蛻踩得粉碎，但踩在溼溼落葉上的腳不小心滑了一下，她一屁股跌坐在地上。

「好痛好痛！可惡！怎麼會這樣！」

她舉起手掌一看，發現有點磨破皮了。剛才跌倒的時候，可能碰到了尖尖的小石頭。鮮血慢慢滲了出來，傷口陣陣刺痛。

美穗快哭了，拚命對著傷口吹氣。然後突然想到一件事。

「這麼小的傷口就這麼痛，竹田岳縫了四針，不知道有多痛。」

她內心的怒氣消失了，突然對於詛咒竹田岳感到很後悔。

「啊啊，我果然做了壞事。就算竹田岳罵我，只要不理他就好，結果我害他受了傷，我變成了壞孩子。對不起，竹田岳，對不起。」美穗在心裡向竹田岳道歉，搖搖晃晃站了起來。

「外出靈的詛咒還沒有消失，也許竹田岳又遇到了其他倒楣事，必須趕快解除詛咒才行。對！沒錯，為了解除詛咒，要趕快找到桃公要找的東西。」正當她這麼想的時候，腦袋突然開了竅。

「該、該不會……」

美穗目不轉睛的盯著剛才發現的蟬蛻。

蟬蛻原本是活的，因為裡面有蟬的幼蟲，但是，幼蟲長大之後，就離開了蟬蛻，所以蟬蛻現在已經沒有生命了，然而，蟬蛻並不是「死了」。

美穗很開心，她在心裡吶喊著：「就是這個！雖然是活的，現在已經沒有生命，但又從來沒死過的東西一定就是蟬蛻！我要趕快拿去給桃公！」

不過，美穗實在不敢用手去拿蟬蛻，所以她決定連同那根樹枝一起帶去給桃公。

當美穗回到桃公身旁時，發現桃公正在點頭打瞌睡。

「我找得這麼辛苦，桃公竟然在這裡打瞌睡。」

美穗有點惱火的叫著桃公。

「桃公……桃公！」

「啊！喔，原來是你啊。真希望你可以再晚一點叫醒我喲。我正準備吃一個大布丁。」

「先不管這些，我找到了這個。」

「喔？」

桃公一看到蟬蛻，兩道濃密的眉毛立刻開心的抖動起來。

「就是這個，就是這個。這叫蟬蛻，啊，我終於想起它的名字了。太好了，太好了，你竟然找到了，這下子我可以完成解除詛咒的中藥了。」

桃公說著，輕輕接過蟬蛻，放進小瓶子中，然後用小湯匙把用研磨缽磨成的粉後，再裝進了小瓶子，最後用力蓋上蓋子，裝進一個白色小紙袋，交給了美穗。

「這個給你，這是桃公特製的解除詛咒藥『退魔封蟲散』，收你一千元。」

美穗心想：慘了，剛才都忘了問價錢。

「呃，對不起，我現在身上沒帶錢。」

「沒關係，你也可以事後再支付。事成之後，你再把一千元交給這孩子。」

「這孩子？」

美穗正納悶「這孩子」是誰時，看到桃公的草帽上出現了一個小東西。

那是一隻壁虎，牠有一雙藍色的大眼睛，淺白色的身體也帶著淡淡的藍色。

「哇啊！」

「喔喔，你被嚇到了嗎？這是我的搭檔，名叫青箕。」

桃公在說話時，把壁虎放在自己的手上。

「這孩子雖然很懶惰，但在緊要關頭很可靠，所以你把青箕帶回家。」桃公說完，又對著壁虎說話：「青箕，這位客人就拜託你了……嗯？什麼？你說話又沒大沒小了！你如果不乖乖做事，小心我把你晒成壁虎乾。」

壁虎根本沒有說話，但桃公卻斥責著壁虎，美穗覺得有點發毛。當桃公把壁虎放在她肩上時，她差一點跳起來，但最後拚命忍住了。

因為她知道一件事：這個世界上只有桃公能夠救自己了。

這時，她發現桃公的感覺和之前不一樣了。他一改前一刻的詼諧逗趣，整個人散發出好像大樹般的威嚴。

「好，關於這種藥，和普通的藥不一樣，一定要按照我說的方法使用。你能做到嗎？你能夠按照我的要求去做嗎？」

「可、可以。」

只要能夠解除詛咒，無論做什麼都沒問題，因為這是在幫助自己、真希和竹田岳。所以，美穗全神貫注的聽著桃公說話，以免漏聽任何一個字。

三十分鐘後，美穗回到了家裡。她走進自己房間，克制著內心的害怕，輕輕打開了壁櫥。

那個兔娃娃就在壁櫥深處，微微歪著頭，一動也不動的看著美穗。

光是這樣就已經讓美穗覺得很可怕了，但美穗發現了另一件更可怕的事。

那個兔娃娃的手和腳都很髒，而且還沾到了白色的碎片。

「那是蛋殼嗎？」美穗忍不住用力關上了壁櫥的門。

她實在太害怕了，渾身不停的顫抖。

美穗想著：果然是這隻兔娃娃在家裡搞破壞！不對，全都是

「外出靈」做的，而且那個外出靈目前仍附身在兔娃娃身上。

美穗拚命調整呼吸，按照桃公教她的方式，把桃公給她的貼紙貼在壁櫥門上。那張貼紙上寫了很多看不懂的字，還畫了複雜的圖案，桃公說這是「封鎖咒語」。

「只可惜無法發出更強的功力，但應該可以稍微爭取到一點時間，你要趁這段時間趕快完成必要的事。」

美穗回想起桃公說的話，從紙袋中拿出小瓶子，小瓶子裡裝了蟬蛻，還有棕色、黑色、灰色和紅色粉末。雖然小瓶子蓋著蓋子，但可以聞到像乾香菇般的味道。

美穗打量著小瓶子片刻之後，先把瓶子放下來，然後從口袋裡拿出了一把銀色小剪刀、一綑銀線，和一根短針——這些也是桃公給她的。

她拿起剪刀，走向放在枕邊的小狗娃娃露露，雖然牠身上蓬鬆柔軟的毛髮已經很舊了，但露露的臉很可愛，美穗至今仍然很喜歡它。

所以要用剪刀把露露的肚子剪開，對美穗來說需要很大的勇氣。

正當她猶豫時……

「咚！」

她的身後發出了沉悶的聲音。

美穗回頭一看，發現壁櫥的門搖晃起來，好像有人正在裡頭用力敲門，要求「讓我出去！讓我出去！」那張貼在壁櫥門上的貼紙發出了紅色的光芒，好像要阻止壁櫥門被打開一樣。

但是貼紙的一角竟然一下子就燒成了黑色。

「怎麼會這樣？」

美穗不知道該怎麼辦，站在那裡全身發抖。這時，有個什麼東西彷彿一道白色閃電，從她的面前飛了過去。

那是桃公交給她的壁虎。

壁虎緊貼在壁櫥的門上，身體發出了微微的藍光，貼紙燃燒的速度似乎變慢了一些。

這時，壁虎的一雙藍色眼睛看向美穗。

「小姑娘，動作快一點！我撐不了多久！」美穗彷彿聽到了這個聲音，終於回過神。

「沒錯，我現在不能再這樣慢慢吞吞的，沒時間磨蹭了。露露，對不起……」

美穗用剪刀剪開了露露的肚子，從肚子裡拿出一些棉花後，把小瓶子塞進了騰出來的空間。

然後，她開始拚命把剛才剪開的地方縫起來。身後壁櫥門的聲音越來越大，越來越用力，讓她感到心神不寧。

美穗很緊張，「萬一來不及怎麼辦？」

她的手在發抖，針好幾次都刺到了手指，但她害怕不已，根本沒時間感到痛。

「趕快趕快！拜託了！快點……」

美穗甚至不知道在向誰祈求，但總算縫完了。

就在這時……

「砰！」

美穗聽到了巨大的聲音，她回頭一看，發現壁櫥的門打開了，那隻兔娃娃張開雙腳站在那裡，正慢慢走出來。

兔娃娃的那雙玻璃珠子的眼睛發出紅光，身體不斷起伏著，然後它肚子上的布被撕開了，出現了一個大嘴巴。那個嘴巴張得很大，裡面一片黑暗。

美穗忍不住想找剛才的壁虎。因為她覺得那隻神奇的壁虎應該會保護自己……

沒想到那隻壁虎已經倒在地上。應該是剛才壁櫥門打開時，牠被彈了出去，現在似乎昏倒了，一動也不動。

「怎、怎麼會這樣……？」

嘿嘿嘿。兔子發出可怕的笑聲繼續走向美穗，但是，美穗根本沒有辦法後退。因為她嚇壞了，整個人都愣住了，待在原地動彈不得。

「啊啊，媽媽！救命！趕快來救我！」

正當她在內心尖叫時，突然吹起了一陣風，有什麼東西從美穗身旁經過。

美穗瞪大了眼睛。

是露露！露露咬住了兔子，並把兔子壓在地上。露露的外形不斷變化著，從原本的可愛小狗娃娃，變成了一頭凶狠的狼，而且身體越來越大。

兔子邪惡的臉扭曲著，拚命掙扎，想要逃走。兔子肚子上的嘴巴咬住了露露的腳，接著一口把露露的腳咬了下來。

露露的棉花像鮮血一樣四濺，美穗忍不住尖叫起來。

「露、露露！」

但是露露完全沒有退縮，終於把兔子制伏了，而且……

露露竟然一口就把兔子吞了下去。

美穗目瞪口呆，走向把兔子吞下肚子的露露。露露變得好大，簡直大到可以連美穗也吞下去，但美穗完全不感到害怕。因為露露的眼神很溫柔。

露露注視著美穗，好像在等待什麼。美穗這才終於想起來。對了，桃公曾經教她最後要唸的咒語。

美穗緩緩唸出那段咒語。

「外出靈，請你回家，請你回家，請你回家。」

只聽到「咻」的一聲，露露的身體縮小了，臉也從原本凶狠的狼變回了可愛的樣子。

當露露滾落在地上時，已經變回了美穗熟悉的露露。

「露露！」美穗急忙把露露抱了起來。

因為剛才和兔子搏鬥，露露右側的前腳斷了，胸口也被抓傷了，看起來很狼狽。

「露露，謝謝你。現、現在沒事了，我一定會把你縫好。」

美穗說完，用力抱緊露露，聽到露露發出了奇怪的聲音。

喀沙喀沙。聲音很輕微。

美穗很好奇，把手指輕輕伸進露露胸口的傷口，挖出了剛才放進去的小瓶子。

美穗倒吸了一口氣。

小瓶子裡有一隻黑色的幼蟬。幼蟬似乎對自己被關在小瓶子裡很不高興，一次又一次用身體撞小瓶子。喀沙喀沙的聲音就是那隻幼蟬發出來的。

美穗沒來由的覺得「那隻幼蟬就是外出靈」，原本附身在兔娃身上的外出靈，又附身到蟬的身上了，但只要它被關在小瓶子裡，就無法再做壞事了。

「但是，要怎麼處理這個小瓶子？」

正當美穗不知所措時，壁虎來到美穗的腳邊，牠用一雙藍眼睛看著美穗，不停伸著舌頭。

「你該不會是……想要這個？」

美穗戰戰兢兢的把小瓶子遞了過去，壁虎一張嘴，把小瓶子咬在嘴裡，然後又站在那裡不動，抬頭一直望著美穗，似乎還想要什麼。

「啊！該不會是錢？」

美穗想起桃公曾經交代，要把錢交給壁虎。

美穗急忙看了撲滿，發現裡頭剛好有一張一千元，她把錢遞給了壁虎。

壁虎用長尾巴靈活的接過了一千元紙鈔，然後就匆匆從窗外跑走了。

美穗知道，壁虎會回去找桃公。

「我等一下也要去找桃公，好好向他道謝。但是，在那之前，要先把露露縫好。」

美穗把為了自己奮戰的心愛娃娃再次緊緊抱在懷裡。

隔天，美穗去了學校。

一走進教室，比她早到學校的真希馬上走過來問：

「美穗，昨天後來怎麼樣？」

「什麼怎麼樣？」

「就是那個啊，那個兔娃娃啊……有沒有遇到什麼倒楣事？」

「沒有，昨天沒事。」

「啊，果然沒事了嗎？」

真希臉上露出了笑容。

「呵呵，我昨天找爺爺幫我消災除厄，爺爺對我說，現在已經沒事了。雖然他很生氣，說我不該玩一些奇奇怪怪的咒術，但多虧了我，才把外出靈趕走了，你要好好謝謝我。」

看著真希得意的揚起頭，美穗很受不了。

美穗很想對真希說清楚，事情並不是她說的那樣，而是美穗向桃公拿了藥，打敗了外出靈，而且還遭遇了很可怕的事。真希竟然還說要自己謝謝她。

雖然美穗很生氣，但最後決定原諒她，什麼都沒說，反正已經解決了那個可怕的外出靈。

美穗沒有數落真希，而是小聲問她：「那張寫了召喚外出靈儀式的紙呢？」

「喔，你說那個啊，我爺爺把那張紙燒掉了。」

「啊？」

「我拿給爺爺看，爺爺說那是很不好的東西，就丟進火裡了。」

「這樣啊……」

美穗覺得那也很好，她最擔心其他人看到那張紙，覺得「好像很好玩，來玩看看」。既然那張紙已經燒掉了，那就安心了。

「這件事是解決了，但桃公去了哪裡呢？」

美穗突然開始思考這個問題。

昨天她縫補好了露露後，又去了那座小山，但遍尋不著桃公的身影。桃公那麼與眾不同，但當她問了街上的人，大家都說「沒有看過這個人」，簡直就像煙一樣消失不見了。

美穗隱約覺得自己以後可能再也見不到桃公了。如果可以的話，美穗很希望可以再次見到桃公，然後好好向他道謝。美穗走回自己的座位時，心裡想著這件事。

同一個時間，桃公邁著輕盈的腳步，在田埂上走著。

「這個城市真是個好地方，我蒐集到不少材料，還因為得到了一千元酬勞，所以能吃到這裡的名產金鍔燒，而且又蒐集到詛咒的蟬蛻。我一直很想要這個，因為這是調配戀愛藥不可或缺的材料，呵呵呵。」

桃公忍不住滿面笑容，壁虎青箕趴在他的肩上，舌頭發出了「啾」的聲音。

「啊喲，你在不高興啊？什麼？什麼？你對我整天使喚你很不滿？你在說什麼啊，俗話說，不勞動者不得食，以後也要努力工作，你要好好加油才行。」

「啾！」

「即使你說不要，但是，不行就是不行。如果你不要，那就把你晒成壁虎乾，或是把你烤焦，拿來做中藥。」

「啾……」

「你知道就好，希望在下一個城市也能找到客人。」

桃公心情愉快的繼續趕路。

註：日本的和尚可以結婚、生子，有的還經營事業。

桃公的中藥處方箋之1

退魔封蟲散

用法及用量

剪開心愛的娃娃肚子，把裝了中藥的小瓶子放進肚子裡，然後縫好。

作用與功效

心愛的娃娃可以制伏惡靈或是妖魔。只要正確使用，就可以把妖魔關進小瓶子。

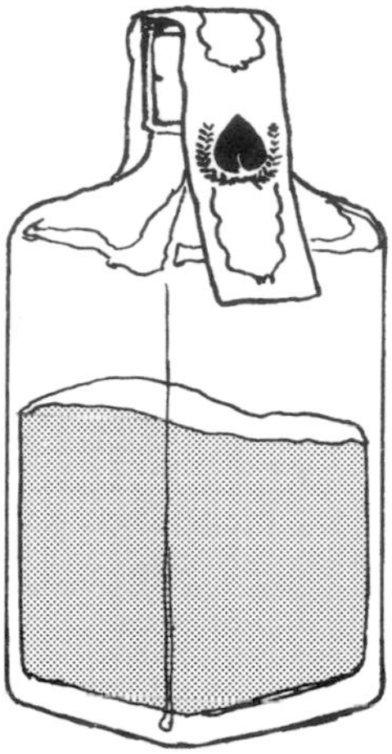

使用注意事項

最後一定要唸咒語。如果不唸咒語，就無法把妖魔封進小瓶子，要特別注意。

第2章
鬼體化散

和紗今年十歲，她覺得比她小六歲的弟弟淳平很可愛。

淳平在冬天下雪的日子出生。和紗清楚記得媽媽懷孕時，肚子一天比一天大；她也記得在醫院第一次看到淳平的日子、和淳平回家的日子。

淳平小小的，很可愛，和紗很愛他，不管是要用奶瓶餵他喝奶，還是為他換尿布，和紗都很樂意幫忙。

但是，淳平只有第一年像洋娃娃一樣，漸漸長大後，變得很調皮，整天搞破壞。

他會扯下和紗的娃娃尾巴，還把和紗喜愛的馬克杯弄倒，碎了一地。最讓和紗生氣的事，每次淳平搗蛋或是做錯事，就會哇哇大哭。

和紗覺得自己才想哭，常常都感到很心煩。和紗總是克制自己的這種想法，還面帶笑容對淳平說：「沒關係，沒關係，打破就算了，但你下次要小心。」

「因為她覺得弟弟很可愛，而且她很愛弟弟。」和紗不斷說服自己。

但是……

「我才不要什麼弟弟！煩死了！」

有一天，和紗終於忍不住大發雷霆。

「今天絕對不要原諒淳平。」因為和紗把在學校畫好的圖畫帶回家裡，才一不留神，淳平就在她的畫上亂塗鴉。

而淳平看到和紗怒目圓睜，知道情況不妙時，立刻搶先哇哇大哭起來。

「姊姊！對、對、對不起！」

「和紗，淳平已經向你道歉了，你就原諒他吧。」

媽媽這句話讓和紗更怒不可遏。和紗的這幅畫畫得很好，老師打分數時還畫了一朵花，稱讚她畫得很好，和紗原本很想把畫拿給媽媽看。

和紗狠狠的瞪著放聲大哭的淳平。

「你都已經四歲了，為什麼要在別人的畫畫上塗鴉！……我不要弟弟，我才不要像你這種弟弟！」

「和紗！」

「我不管！」和紗跑進自己的房間，用力關上了門。

「不小心說出來了。」和紗知道那句話千萬不能說，但她就是不小心說出來了。一想到淳平剛才驚訝得瞪大了眼睛，和紗腦中卻閃過「活該！」的念頭。

和紗心裡想著要教訓淳平，再次看著自己心愛的畫。她畫的是全家福，畫中爸爸、媽媽、和紗和淳平圍著一個大蛋糕，每個人臉上都帶著笑容，看起來很開心，但這幅畫上被紅色和紫色的麥克筆塗得亂七八糟。

和紗看著畫，再度怒氣沖天，她把淳平的臉剪了下來，揉成一團。

「他以為只要自己哭，就會得到原諒！我才不要這種愛哭鬼的弟弟！」

和紗生氣的把揉成一團的畫丟進垃圾桶，沒想到竟然沒有丟中，好像連垃圾桶都在欺負和紗似的。

她更加生氣了，撿起畫紙，丟進壁櫥深處，然後用力關上了壁櫥門。

那天晚上，和紗在自己房間睡覺時，做了一個奇怪的夢。夢中她和淳平在一起，那裡很暗，而且很吵鬧。雖然看不見人影，但可以感覺到有很多人圍著他們。

接著，有幾個聲音小聲對她說話。

「如果你不要，就來交換。」

「對啊對啊，來交換嘛。」

「這裡的商品都很棒，你一定會喜歡。」

「來交換嘛。」

「呵呵呵，來交換嘛。」

這時，有個什麼東西從黑暗深處走了出來，沒想到竟然是個和淳平一模一樣的娃娃。

那個娃娃渾身發出好像花蜜般的味道，轉眼之間就依偎在和紗身旁，但真正的淳平卻被拉進了黑暗。

「淳平！」

和紗忍不住大叫，然後就醒了。

即使知道那是在做夢，即使知道天已經亮了，和紗仍然緊張了很久。

「這個夢太可怕了。不，沒關係，反正只是夢，並不是真的。」

和紗這麼告訴自己，走出了房間。

她來到廚房，發現媽媽和淳平都在廚房，淳平看到和紗，對她露出了笑容。

「姊姊，早安。」

「淳平……」和紗有點不知所措。

因為淳平每天早上心情都很不好，總是又吵又鬧，讓媽媽不得安寧。今天是怎麼回事？他現在竟然露出了笑容，而且自己吃著玉米脆片。

和紗感到驚訝不已，媽媽開心的小聲對她說：

「你是不是很驚訝？淳平今天早上心情一直都很好，是不是很久都沒有這麼清靜的早晨了？」

「是、是啊。」

和紗覺得很奇怪，但還是在淳平旁邊坐了下來。這時，她好像聞到了一種甜甜的味道。

和紗想起夢裡也有這種甜甜的香氣——是那個人偶的味道。

她忍不住看向淳平，淳平也直視著和紗，他張開嘴，露出了燦爛的笑容。

「姊姊，不用擔心，我從今天開始會當乖孩子，會當很乖很乖的孩子。」

和紗感到不寒而慄，因為她從淳平身上感受到了一種不尋常、來路不明的氣味。

「不，他不是淳平——不但不是淳平，甚至根本不是『人』。」

和紗臉色發白，跑到媽媽身邊說：

「媽、媽媽，他不是淳平。」

「你在胡說什麼啊！」

「是、是真的，那是一個交換的人偶。我剛才做了夢，我們要去找真正的淳平。」

「好，好，玩笑到此結束。雖然淳平變乖了的確讓人很驚訝，但是不需要再整天哄他了，這樣不是很好嗎？」

「媽媽！我是說真的！」

「你再鬧下去，我要生氣囉！你趕快去把早餐吃完。」

媽媽完全不相信和紗說的話。

和紗吃早餐時，簡直快哭出來了。因為淳平一直笑著看她，那個眼神讓和紗渾身發毛。

從那天之後，淳平突然變乖了。他不再任性，不再整天吵著喜歡這個，討厭那個，也不再弄壞和紗的玩具和書。他變得很聽話，只要叫他「不要吵」，他可以一個人玩好幾個小時。

最重要的是，淳平不再哭鬧了。他以前根本是愛哭鬼，但現在每天都滿面笑容。

爸爸和媽媽都很高興，只有和紗越想覺得越可怕。因為她很清楚，那個淳平並不是弟弟本尊，但是，無論她跟誰說，都沒有人願意相信她的話，而且似乎也只有她能夠聞到那種奇妙的甜味。

和紗每天都感到很害怕，每當那個冒牌淳平對她笑時，她就感到渾身起雞皮疙瘩。

「真正的淳平到底去了哪裡？不知道他現在過得好不好？唉，我到底要去哪裡找，才能夠找到真正的弟弟呢？誰來救救我！救救我！」

她每天向神明祈禱。

有一天，和紗聽到了一種不可思議的鈴聲。鈴聲很清脆，聽著聽著，似乎就可以帶走她內心的不安。

「好想再聽聽那個鈴聲，好希望可以更近距離聆聽。」美妙的鈴聲音色讓她情不自禁這麼想。

當和紗回過神時，發現自己已經衝出了家門，尋找著鈴聲傳來的方向。

她來到附近的一座大神社。走進大門，神社內有好幾百棵大樹。雖然是在市區，但這裡好像是森林一樣，後方有泉水，神社內還飼養了神明的使者——鹿。

和紗跑進這片像森林一樣的神社，看到一個小型鳥居，鳥居後方用低矮的石頭圍成一圈，中心埋了一塊小石頭。

和紗記得那塊石頭叫「要石」，傳說中，這塊要石能鎮壓住在地底下的巨大鯰魚，避免引起地震。

這個傳說故事掠過和紗的腦海，但她很快就忘了要石的事，因為她看到一個老爺爺坐在鳥居旁，長長的鬍子編成了麻花辮，頭上戴了一頂很大的草帽，手上握著一個小鈴鐺。

老爺爺一看到和紗，立刻露出了笑容。

「歡迎光臨，歡迎來到桃記中藥喲。」

雖然他是個老爺爺，但外形很可愛，簡直就像是一隻貓頭鷹在說話。

和紗大驚失色，老爺爺打開了背在身上的大木箱。

「你要我開什麼處方藥？戀愛藥的材料剛好用完了，解除詛咒、粉碎惡夢，或是幽靈熱消退藥都可以在轉眼之間調配出來喲。你有什麼煩惱嗎？」

「煩惱？」

「對，因為有煩惱，才會來這裡，不是嗎？有煩惱的人才能夠聽到我的鈴聲。」

和紗突然恍然大悟：這個爺爺知道救淳平的方法。

於是，和紗把所有的事都告訴了眼前這個爺爺。

原來他叫桃公，和紗在向他說明情況時，他沒有打斷和紗，一直聽到最後，然後用力點著頭說：

「原來是這樣。奇怪的夢、弟弟突然變乖了、不時發出甜甜的香氣，嗯、嗯，你說你弟弟是冒牌貨這件事，應該是真的喲。」

「你、你相信我說的話？」

「當然啊，但是，果真這樣的話，可能有點棘手……因為我猜想你弟弟可能被妖精抓走了。」

「妖、妖精？」

桃公對著瞪大眼睛的和紗說：

「妖精是很古老的生物喲，會利用人心的脆弱時，趁虛而入，偷走重要的東西。他們並沒有惡意，反而覺得是在做交易。正因為這樣，所以很棘手，要把他們偷走的東西拿回來也很困難喲。」

「淳、淳平現在安全嗎？會、會不會被他們吃掉？」

「喔，那倒是不用擔心，因為他們不會吃小孩子，你弟弟一定平安無事喲。」

和紗聽了桃公的話，終於稍微放了心。沒想到弟弟竟然被妖精抓走了。

「妖精在哪裡？我、我弟弟在哪裡？」

「嗯，應該在妖精的國度喲。」

「那、那是在哪裡？要怎麼去？」

「嗯，要去那裡並不困難，但回來就很難了喲。想要救出被帶走的小孩，然後再回來原本的世界，那就更難了喲。」

「但是，是有可能把弟弟救回來的吧，對不對？」

「對，這就要看你的決心了，你想救你弟弟嗎？」

「當然。」和紗點了點頭。雖然不會耍任性，整天都笑容滿面，不會哭鬧的乖弟弟很省事，但那個根本不是淳平，不是真的弟弟。

「我想救我弟弟，我希望淳平能回家。」

「好，那我就幫你調配中藥。」

老爺爺說完，就從背在身上的木箱裡接連拿出各種工具和神奇的草藥。一下子在小瓦斯爐上燒了一壺像茶一樣的東西，然後又把好幾種樹果放進一個很大的研磨缽裡，開始研磨了起來。

好幾種不同的氣味混在一起，像濃霧般包圍在和紗周圍。和紗腦袋漸漸放空，覺得桃公的聲音變得很遙遠。

「好，調配好了。服用方法和使用方法都寫在處方箋的袋子上了，你用這個努力看看。雖然我也想陪你一起去，但妖精都討厭我，我會把我的搭檔『青箕』借給你，青箕一定可以幫上你的忙喲。啊，對了，藥費要一千元，你晚一點再交給青箕。」

當和紗回過神時，發現只剩下自己一個人，神奇的桃公不見了，剛才那股很濃烈的氣味也消散了。

但是，她的手上拿著一個沉甸甸的白色紙袋。

她向紙袋內張望，馬上倒吸了一口氣。因為紙袋裡裝著小瓶子、小紙袋，還有一隻活的壁虎。

那天晚上，夜深人靜後，和紗悄悄坐了起來，把藏在書桌後方的紙袋拿了出來。

「我可以，絕對要努力試試看。」

她這麼告訴自己，從紙袋裡拿出一張紙，上面寫著如何營救弟弟的方法。雖然她看了很多次，幾乎到了已經可以背誦的程度，但她還是摸黑再看了一次。

「一、將紅色眼藥水『妖見水』滴在眼睛裡，找到妖精的門。

嗯，……就是這個紅色眼藥水。」

和紗從紙袋裡拿出一個小瓶子，小瓶子裡裝滿了會發光的紅色液體。

她在兩個眼睛中各點了一滴，先是感受到一陣刺激，然後覺得有點頭暈。

這時，發生了神奇的事。房間的燈還是關著，但原本黑暗的房間漸漸變亮了。

「這該不會是在黑暗中也可以看到東西的眼藥水吧？」

和紗在感到驚訝的同時，在房間內四處尋找。

紙上寫著：「房間內一定有妖精的門。」但是和紗找了書架後方和床底下，都沒有看到像是妖精門的地方，只剩下壁櫥還沒找。

和紗打開壁櫥，窸窸窣窣的把箱子都移開，一直找到壁櫥深處，都沒有看到任何不尋常的東西。

「到底在哪裡？真的有門嗎？」

她感到很不安，忍不住抬頭看著壁櫥頂時，頓時瞪大了眼睛。

沒想到壁櫥頂上有個畫著淡淡金色的、不可思議的圖案，圓形的圖案看起來既像是蔓草，又像是許多蛇糾纏在一起，而且發出微微的光亮。

「就是這裡，一定就是這裡。」她興奮的進入下一個步驟。

「二、找到門之後，就讓壁虎青箕把門打開。……青箕，現在要換你出馬了。」

和紗誠惶誠恐的搖了搖紙袋，但壁虎沒有爬出來。這隻壁虎從白天就一直在睡覺。

不過，和紗並沒有慌張。因為紙上寫著，如果壁虎偷懶不想做事時該說什麼話。

「青箕，呃……如果你再不做事，就要把你烤焦，做成中藥，知道嗎？」

這句話效果超強。壁虎青箕猛然睜開眼睛，慌忙從紙袋裡蹦了出來。

「啾、啾啾。」

壁虎尖聲叫著，和紗知道牠一定是在罵人，但是，如果這樣就退縮，就無法把淳平營救回來了。

和紗小聲對青箕說：「我好像找到門了，你、你可不可以幫我打開？」

和紗伸出手，青箕很不甘願的跳到她的手上。

和紗踮起腳，讓青箕靠近壁櫥頂。青箕仔細打量圓形圖案後，啾啾的伸出舌頭，伸向中央，看起來就像是鑰匙插進了鑰匙孔一樣。

只聽到喀答一聲，原本糾纏在一起的圖案鬆開了。

轉眼之間，壁櫥頂出現了一個圓形的洞。

「這、這就是門……？」

洞內一片漆黑，即使和紗睜大眼睛，也什麼都看不到。想到自己必須經過這道門去找真正的弟弟，她的心臟就加速跳動，發出了噗通噗通的聲音。

「沒問題，絕對不會有事。……青、青箕也會和我一起去。」

和紗這麼告訴自己，抱緊了桃公給她的紙袋，再把青箕放在肩上，輕輕把指尖伸進天花板的洞。

她立刻感到有一股巨大的力量在拉她。

「啊！」

她感到天旋地轉，忍不住用力閉上眼睛。當她再次睜開眼睛時，發現自己坐在一個很大的藍色蕈菇上。

「咦？咦，這是什麼？」

她慌忙站了起來，發現周圍還有其他蕈菇，這些參差不齊的蕈菇排成一行。除此以外，一片漆黑，什麼都看不到。

「啊，這是路嗎？」

和紗慌忙拿出說明書又看了一遍。

「三、經過門之後，把藍色的藥粉『鬼體化散』吃下去，同時馬上將沙漏倒放。記得要在沙漏裡的沙子全部漏完之前，沿著妖精的道路，把你弟弟從妖精手上救出來。」

藍色藥粉裝在三角形的紙包內。沙漏很小，上頭有一條鍊子，可以把它掛在脖子上。

和紗緊張的把藥粉倒進嘴裡，頓時差一點吐出來。因為藥粉非常苦。她想一口氣吞下去，但藥粉黏在喉嚨，遲遲吞不下去。藥很苦，卡在喉嚨又不舒服，她的眼淚都忍不住流了下來。

「呃，呃啊！咳咳咳咳！」

最後，總算把藥粉吞了下去，沒想到身體一下子變輕了，但渾身充滿力量。

「啊，沙漏！」

她急忙把掛在脖子上的沙漏倒了過來。

「刷、刷、刷。」

沙漏中的黑色沙子一顆一顆往下漏。

「好！妖精的路應該就是這條蕈菇路。」

只能往前走了。

和紗吸了一口氣，奔跑起來。她從一個蕈菇跳到另一個蕈菇上，沿著蕈菇向前跑。

這時，突然有一個很大的黑色東西出現在她面前。因為太突然了，她被嚇得心臟都差一點停了。她好不容易忍住了尖叫，仔細打量著出現在眼前的東西。

那似乎是一隻動物，但牠像刺栗子一樣，身上有很多刺，圓滾滾的身體，腦袋和尾巴像老鼠，手腳像青蛙一樣。

那隻奇怪的動物瞪大了紅色的眼睛問和紗：

「原來是小鬼姊姊，以前沒看過你，你來妖精市有什麼事？」

和紗猛然想起，桃公的紙上寫著，「如果門衛問你要去哪裡，你就說要人類的小孩。」

和紗鼓起勇氣說：

「我、我要人類的小孩，很愛哭的男孩。」

「原來是這樣，那你去市場。我送你過去。」

門衛啪的拍了一下手。

黑暗和蕈菇路立刻不見了，門衛也不見了，眼前是一個很大的市場。

雖說是市場，但是與和紗知道的市場完全不一樣。攤位上排放著晒乾的蝙蝠和青蛙，還有紫色蛞蝓裝在瓶子裡，堆積如山的蔬菜和水果都是從來沒有看過的顏色和形狀，還有些會發出叫聲。一個長了臉的鍋子正在煮綠色的湯，還有隻很大的毛毛蟲做成了串燒在賣。

市場的客人都不是人類，和門衛長得一模一樣的動物正熱鬧的說話。

「歡迎光臨，這裡有賣『尖叫黃瓜』，還是要買『壞點子柿子』？」

「來喲來喲，獨角仙的串燒大特賣！」

「這位太太，你看看，這是毒蛙乾，你買回去給你先生，他一定很高興。」

和紗幾乎快昏過去了。

原來這些動物就是妖精。牠們看起來一點都不可愛，而且好像不小心惹怒牠們，後果會很可怕。有些妖精不時瞥了過來，和紗的手腳都顫抖起來。

就在這時，有個妖精叫住了她。

「喂，小鬼。」

「啊？在、在叫我嗎？」

「對啊，如果你要發呆，就閃到路旁邊去，你的身體比妖精大，站在那裡擋路。」

「對、對不起。」

和紗慌忙走去角落，以免擋了妖精的路。她用力深呼吸後，心情稍微平靜下來。

於是，她再次緩緩的打量這個市場。

仔細一看，發現除了妖精以外，還有其他動物。有留著鬍子的銀色大鱷魚，還有長了蝴蝶翅膀的小毛球、像是蕈菇的妖怪，以及比妖精身體更大的鬼怪。

和紗恍然大悟，剛才的妖精和之前的門衛都叫她「小鬼」，也就是說，她現在看起來不像人類。

「也許是因為那些藍色藥粉，讓我的外表看起來不一樣了。是不是這樣呢？」

她問肩上的青箕，不過青箕卻很不耐煩的咬住了掛著沙漏的鍊子，搖晃了幾下。

和紗一看，發現沙漏裡的沙子已經有五分之一都漏了下來。

「該不會沙子全部漏下來後，藥的效力就會消失，牠們就會看出我是人類嗎？」

「啾。」

「慘、慘了！」

和紗慌忙行動起來。她走進附近的每一家店張望，有會唱歌的盤子、長了牙齒的墊子、裝了眼珠子的瓶子，還有用骨頭做的椅子，有許多奇奇怪怪的東西和嚇人的東西，但沒有看到淳平。

「在哪裡？淳平在哪裡？」

和紗快哭出來時，聽到了響亮的吆喝聲。

「來喲、來喲！這裡有賣人類小孩的眼淚！如假包換、假一賠十！來，這位先生，要不要聞聞味道？是不是一聞就知道是高級貨？如果不買，就不是妖精了！來喲來喲，趕快來買喲！」

抬頭一看，店裡擠滿了人，不，是擠滿了「妖精」。

她小心翼翼走向那家店，以免一不小心就踩到那些妖精。走到店門口，和紗忍不住發出了尖叫聲。

因為她發現淳平就在那裡。淳平被關在一個小鳥籠內，哇哇大哭著，只是他流出來的眼淚沒有滴下來，而是像肥皂泡一樣，飄浮在空中，站在鳥籠旁的妖精正拿著捕蟲網撈起那些眼淚，接著吹了一口氣後，眼淚竟然就變成了像珍珠一樣的白色顆粒。

這些白色顆粒放在店裡，妖精客人爭先恐後購買。雖說是購買，但並不是用錢，而是以物易物，像是用閃亮的結晶，或是形

狀奇怪的植物、銀色或是黃綠色的魚進行交易。那些妖精客人拿到白色顆粒後，都立刻放進嘴裡，一臉陶醉的瞇起了眼睛。對妖精來說，人類小孩的眼淚似乎是最美味的糖果。

「噗通噗通。」和紗的心臟劇烈跳動。

「怎麼辦？這裡有那麼多妖精，根本不可能悄悄營救淳平。沙漏裡的沙子只剩下一半了，怎麼辦？」

這時，她突然感到手指一陣疼痛。低頭一看，青箕正咬著她的手指。

「喂！你幹什麼啊！」

和紗這才想起她手上的紙袋。

沒錯，桃公在紙上寫著：找到弟弟之後，拿出裡頭小瓶子給妖精看。

她急急忙忙拿出小瓶子。乍看之下，小瓶子裡好像沒有裝任何東西，但是只要定睛細看，就可以看到有七彩顏色的氤氳在瓶子裡飄來飄去。

「這到底是什麼東西？」和紗微微偏著頭的同時，周圍的妖精都紛紛議論起來。

「喔、喔喔喔！」

「咦？那個小鬼手上拿的是……」

「簡直難以相信，我第一次看到耶！」

所有的妖精都盯著和紗手上的小瓶子，看來是相當有價值的東西。

和紗鼓起勇氣，走進了店內。賣眼淚的老闆也瞪大了眼睛，注視著和紗手上的小瓶子。

「這、這該不會是……彩虹蝸牛的呵欠？你、你怎麼會有這麼珍貴的東西？」

「你、你想要這個嗎？」

「當然啊！只要能夠得到它，我、我什麼都可以給你。」

「機會來了！」和紗想。

和紗吸了一口氣，指著店內的淳平說：

「那個孩子，我要換那個孩子。」

「啊？這個代價太大了，那可是難得一見的人類小孩，我好不容易交換來的。」

「換來的？」

「對啊。」老闆點了點頭說：「因為有人不要這個小孩，所以我用極致活人偶去換來的。這個小孩很能哭，是本店的招牌商品。啊，不行不行，即使是彩虹蝸牛的呵欠，也不划算。」

「怎、怎麼會這樣……」

老闆說的話出乎意料，和紗不知所措起來。她原本以為老闆會欣然和她交換。

就在這時，原本在和紗肩膀上的青箕飛了起來，然後跳到了櫃檯上。

老闆頓時雙眼發亮。

「哇哇，這也是難得一見的寶物！這不是龍神壁虎嗎？那就這麼辦好了，用這個彩虹蝸牛的呵欠加上這個壁虎來交換那個小孩，你同意嗎？」

「你、你問我同不同意……」

和紗焦急的看向青箕，青箕也看著她，鎮定自若的點了點頭。

和紗見狀後，下定了決心：「好、好啊，那你馬上把那個孩子給我。」

「好喔，你等我一下，我整理一下，讓你方便帶回去。」

老闆走到後方的鳥籠旁，吹了一口氣，鳥籠和裡面的淳平都縮小了。

轉眼之間，淳平變成像人偶一樣大小，鳥籠也變得只有籃球那麼大。

「好，給你。」

「謝、謝謝。」

和紗接過鳥籠後，差一點當場癱坐在地上。

終於把淳平換回來了，但是，她現在不能繼續在這裡耽誤時間，必須趕快回去。

和紗急忙準備離開時，老闆一把抓住了她。

「等一下。」

和紗嚇了一跳。

「慘了，好不容易順利營救了淳平，難道老闆發現自己的真實身分了嗎？」

「有、有什麼事？」

雖然和紗內心慌亂，但努力露出若無其事的表情問：

「你忘了拿東西。這個給你，是這個小孩的契約書。」

「這就是……契約書？」

「是啊，就是這份契約書讓他成為沒人要的小孩。小鬼，只要好好保管這份契約書，這個小孩就是你的。」

和紗注視著老闆交給她的那張紙，發現那張皺巴巴的紙上畫著淳平的笑容。

那是和紗用剪刀剪下來的畫。她想起之前丟掉圖畫時，自己曾大叫著：「我不要弟弟」。

「啊，原來是因為說了那句話，才會吸引那些妖精上門。全都是我的錯，因為我犯下的錯，讓淳平經歷了這麼可怕的事。對不起，淳平，對不起。」和紗後悔不已，忍不住流下了眼淚。

老闆看到她滴落的眼淚，頓時臉色大變。

「這個眼淚……你、你該不會！」

「完了。」和紗臉色發白。桃公在說明書上寫著「絕對不可以在妖精面前哭」，桃公明明就寫了這句話提醒她。

和紗後退著，老闆伸手想要抓住她，剛才很安靜的青箕突然有了行動，牠一下子就跳到老闆頭上，用力咬住了老闆的耳朵。

老闆痛得跳了起來。

「好痛啊，好痛啊！」

「喂喂喂，發生什麼事了？」

「救、救命啊！」

所有妖精都被眼前混亂的場面嚇到了，和紗知道必須趁現在趕快逃走。

和紗緊緊抱著鳥籠，撥開眼前的妖精，拔腿狂奔。

「趕快！快跑快跑！」

當她跑向剛才走過的路時，在市場外頭看到一個巨大的藍色蕈菇。

「就是那裡！那是出口！」不知道為什麼，和紗就是有這個直覺，於是雙腿更加用力，但是身後傳來大叫的聲音。

「就是她！趕快抓住那個小鬼！她是、她是人類！有人類混進了妖精市。」

「什麼！」

「千萬別讓她逃走了！」

「抓住她！趕快！」

和紗聽到妖精的叫聲，嚇得脖子上的汗毛都豎了起來。

「啊，妖精追過來了。」她可以感受到身後那群妖精好像大浪一樣撲過來。快跑！要跑得更快才行！

最後，和紗終於踩在藍色蕈菇上。

周圍的景色在頃刻間發生了變化，她站在蕈菇路上，道路前方有一個金色的圓環，和紗知道那裡一定就是出口。

和紗再度奔跑起來，她感到渾身的力量迅速消失，同時感受

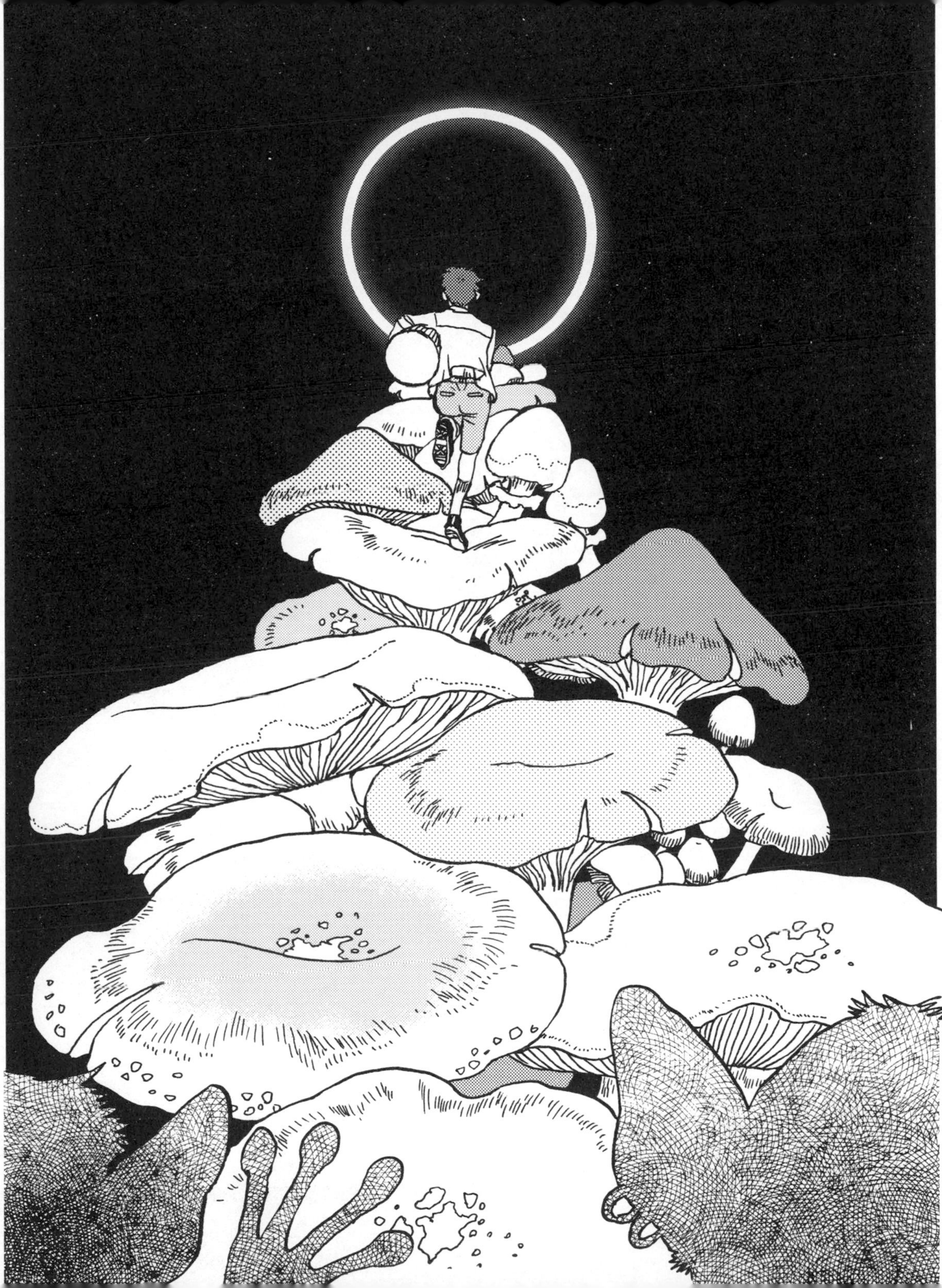

到手腳都累得發麻，手上的鳥籠也越來越重。

但是她不能停下來休息。因為一個個妖精已經出現在蕈菇路上，從後面追了上來。

「還給我！拿過來！」

「饒不了她！絕對不能讓她逃走！」

可怕的叫聲傳入和紗耳朵，帶走了她的勇氣和力量。

「快到了！快到了！」

和紗不顧一切的狂奔，想要跳進金色的圓環中。

這時，她的腳踝突然被什麼東西用力抓住了，接著和紗倒在圓環前的地上。

回頭一看，原來是有一個妖精緊緊抓住她的腳。那個妖精身後還有別的妖精，再後面還有其他的妖精。

妖精連成一串，想要抓住和紗不放。

「不能讓你們逃走，絕對不能讓你們逃走。兩個人類的小孩，難得有這麼好的獵物，以後要讓你們流很多眼淚。」

妖精拉住和紗，眼中都發出可怕的亮光。和紗一點一點被拉了回去，離出口的圓環越來越遠。她害怕得尖叫起來。

鳥籠中的淳平也尖叫著：「哇啊啊，姊姊！姊姊，這裡好可怕啊！」

淳平的叫聲反而讓和紗冷靜下來——救淳平是眼前最重要的事，沒錯，只要專心想這件事就好，和紗告訴自己。

和紗轉頭看向抓住她腳的妖精。

「我、我會留下來，而且會為了你們拚命哭，所以讓我救弟弟，讓……讓我弟弟回家！」

她鼓起勇氣大聲叫了起來。

妖精凝視著和紗，臉上露出了狡猾的笑容。

「這可不行，既然可以抓到兩個，為什麼要放其中一個走？不管是你還是他，都屬於我們。」

「怎麼會這樣……」

和紗覺得這次真的完了，差一點哭出來。

就在這時……

「小姑娘，說得好！我欣賞你！」

隨著一聲巨響，同時亮起了一道可怕的光。

是閃電，一道金色和銀色的閃電閃著光，落在妖精的身上。

「嘩啦嘩啦、轟隆！」

驚人的聲音和亮光散開，把原本連成一串的妖精打散了。妖精紛紛發出慘叫聲，倉皇逃走了。

和紗心想：「趕快！現在是逃走的大好機會！」

她不顧一切的站了起來，拿起鳥籠，跳進了金色的圓環。

「咚噹！」

隨著一聲巨響，和紗滾落，回到自己的房間裡。雖然腳和後背都撞到了，但她完全不覺得痛。

因為和紗想到：必須趕快把門關上，否則那些妖精會追來這裡。但是，要怎麼關門呢？

和紗著急的看向門時，倒吸了一口氣。

青箕不知道什麼時候，已經貼著壁櫥頂，正伸出舌頭舔著發光的門。

下一剎那，那道門就消失了。

和紗喘著氣，看著壁櫥頂很久，但是，沒有妖精跑出來，只是普通的壁櫥頂而已。

得救了！和紗知道這下自己真的得救了。

「淳、淳平！你沒事吧？」

和紗鬆了一口氣，把弟弟從鳥籠放了出來。淳平一走出鳥籠，就從原本像人偶般的大小變成了原來的樣子。

淳平一臉彷彿剛醒過來的表情看著和紗。

「姊姊？」

「淳、淳平！太、太好了。」

和紗緊緊抱著淳平，淳平呵呵笑了起來。他似乎不記得被妖精抓走的事了，而且身上也沒有受任何傷。

當和紗再度感到鬆了一口氣時，門外傳來了媽媽的叫聲——

「哇！這是怎麼回事！」

「該不會是那些妖精找上媽媽了吧？」和紗想。

和紗臉色發白，牽著淳平的手去找媽媽。

「媽媽，怎麼了？」

「怎麼會這樣？你看看這個！」

淳平的衣服放在椅子上，但裡面塞滿了枯掉的草和花。

「淳平剛才還坐在這裡呢，真是的！和紗，是你在搗蛋嗎？」

雖然媽媽很生氣，但和紗並不在意。因為真正的淳平已經回來了，那個冒牌淳平好像是什麼活人偶，應該是壞掉了。這下和紗真的放心了。

為了以防萬一，和紗把原本剪下來的畫又用膠帶黏好。如此一來，妖精就不會再找上淳平了，而且和紗決定，以後再也不會說「不要弟弟」這種話了。

「對了，要把青箕還給桃公，還要謝謝他。青箕？青箕，你在哪裡？」

和紗尋找青箕，但怎麼也找不到那隻神奇的壁虎，而且她也沒有再見到桃公。

同一時間，桃公正在迎接回到他身邊的壁虎青箕。

「你回來了！情況怎麼樣？……成功了嗎？太好了！嗯，嗯，她順利營救了弟弟，這樣就放心了。」

「啾！」

「是啊，你也很努力，了不起，了不起……對了，我拜託你的東西拿到了嗎？」

「啾……」青箕一臉不悅的表情，吐出了一根像黑刺般的東西。桃公高興的拍著手。

「太好了！拿到妖精刺了！我一直想要這個！即使我去妖精的市場，那些妖精一看到我就逃得遠遠的。青箕，你好厲害，幫了我的大忙。」

青箕聽到桃公的稱讚，露出了得意的表情，但是聽到桃公問：「藥錢呢？藥錢在哪裡？」時，眼珠子立即骨碌碌轉了起來。

「喂，怎麼了？……你該不會是忘了收錢吧？」

「啾、啾啾啾啾啾！」

「你說已經拿到了妖精刺，這樣就夠了？這、這根本是兩碼事啊。唉唉唉，我原本打算拿到藥錢，可以買這裡有名的和菓子！我期待那個包豆沙的麻糬很久了！」

「啾啾！」

「這種事不重要，先讓你休息？我、我才不讓你休息喲！接下來這段日子，你都不能休息喲！喂，幹麼！好痛！快放開喲！」

青箕咬住了桃公的鼻子，桃公連忙把牠拉下來。

桃公的中藥處方箋之2

妖見水

用法及用量

兩隻眼睛各點一滴。

作用與功效

即使在黑暗中，眼睛也可以看到東西，而且還可以看到妖精與妖精製作的東西。

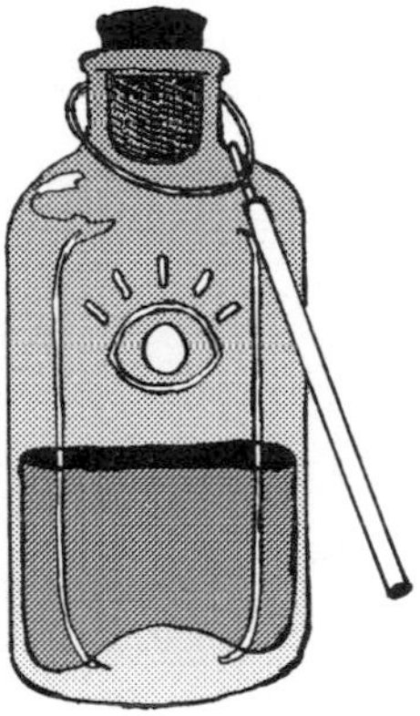

使用注意事項

如果一隻眼睛點超過兩滴，視力就會變得模糊，一個小時內看不到東西。謹慎使用，切勿過量。

鬼體化散

用法及用量

服用一包藥粉。服用完之後，一定要用沙漏計時。

作用與功效

可以讓自己變成鬼的樣子。

使用注意事項

藥效在沙漏的沙子全都漏完後會失效，千萬要留意。

第3章 天龍淚湯

常磐小學四年級的學生最近很流行自拍照。大家都用數位相機或是智慧型手機，拍下自己各種逗趣的表情或是好笑的姿勢，然後給其他同學看。

良樹也熱愛這個活動，但他沒有智慧型手機，所以向爸爸借了一臺舊的數位相機，擺出各種姿勢自拍。

大家都覺得搗蛋鬼良樹的照片很有趣，所以他的自拍照在班上大受好評，像是他模仿狗尿尿，把一隻腳踩在電線桿上的照片，還有含著奶瓶，模仿嬰兒的照片，或是把叔公的假髮當鬍子拍的照片等，都逗得同學哈哈大笑。

班上的同學還想看更多他的自拍照，良樹也有點人來瘋，暗自下定決心，「我一定要拍更有趣的照片。」

有一天，他突然想到一個好點子——

「對了，去墓地拍照應該很好玩。應該沒有其他人會去墓地拍照，嗯嗯，大家一定會覺得很有趣！」

這天放學後，良樹立刻去了附近的墓地。

那不是普通的墓地，是全東京最大的墓地，有二十七個東京巨蛋球場那麼大。因為很大，而且還種植了很多花草樹木，如果沒有墓碑，看起來就像公園。

由於是非假日，墓地內沒什麼人。良樹見狀，就在那裡肆無忌憚的為所欲為。

他趁周圍沒有人，一下子坐在墓碑上，一下子跳到墳墓上，不停的按下快門，還拍了許多把插在花瓶裡的鮮花插在頭上，或是把花咬在嘴裡的惡搞照片。

他完全不覺得自己的行為有問題，覺得只要自己開心好玩就沒問題了，而且他也沒有弄壞任何東西。

良樹調皮搗蛋了半天，拍了很多照，終於感到心滿意足了。

「啊，真是太好玩了，好了，差不多了。」

他終於感到滿足，正準備從坐著的墓碑跳下來時，右腳腳底突然一陣刺痛，好像是被針刺到了一樣。

良樹心想，可能有什麼尖尖的東西跑進鞋子裡了。他慌忙的脫下鞋子和襪子，看到有一隻黑色的小蟲子跑了出來。

「應該是蜘蛛吧？」良樹心想。

不過那隻小蟲子以驚人的速度逃走了，轉眼之間，就逃進旁邊的草叢。

「是不是被剛才那隻蜘蛛咬到了？」良樹抬起腳底一看，發現有一個小紅點。

但他覺得應該沒有大礙，就沒有把傷口放在心上，他想：回家之後，用消毒藥水擦一下，應該馬上就不痛了，於是重新穿好襪子，並穿上鞋子。

當他正準備回家時，聽到旁邊的樹林深處傳來了輕聲說話的聲音——有人在說話，而且聲音很小聲，好像怕被人聽到。

良樹好奇的探頭張望。

那裡有一個老爺爺，把長長的粉紅色鬍子綁成麻花辮，頭上戴了一頂很大的草帽。身上穿著淺棕色的農夫服，渾身散發出不可思議的感覺。

那個爺爺蹲在一個很大的木箱子前，窸窸窣窣的把手伸進木箱子。

「奕諾，快出來，該你了。」

那個老爺爺小聲叫著。

這時，有一個很大的東西被老爺爺從木箱裡拉了出來——那是一頭山豬，渾身的白毛閃著金光，眼睛是紅色。不，這些都不是重點，最重要的是那頭山豬很大，比老爺爺的身形更大。

無論良樹怎麼想，都覺得這頭山豬怎樣都不可能放進木箱裡，但剛才那個老爺爺的確就是從木箱裡把牠拉出來的。良樹目瞪口呆，完全搞不清楚是怎麼一回事。

這時，老爺爺輕鬆的坐在山豬身上。

「好，那就交給你了，一定要找到幽靈菇。」

「噗噗。」

「奕諾，你真乖！和青箕不一樣，那就拜託你了！」

山豬的鼻子發出噗噗的聲音，載著老爺爺慢慢走遠了，牠走路的時候還不時嗅聞著地面。

當老爺爺騎著山豬走遠之後，良樹即刻走了出來。因為剛才那個木箱還放在那裡。

良樹用力吞著口水。

他太好奇了，無論如何都想看看這個木箱裡到底是怎麼回事。那個老爺爺竟然可以從裡面抓出一頭山豬，究竟箱子裡到底有什麼玄機呢？而且看起來他們不會馬上回來，如果要看，就必須趁現在。

「沒關係，我只是看一下而已，並沒有要偷走，這就像是有人遺失了東西，我看一下是什麼而已。」良樹對自己說。

良樹走向木箱，打開了木箱的門。

木箱裡有很多抽屜，良樹打開一個又一個抽屜。

有些抽屜裡放著迷你的水壺、鍋子和研磨缽等工具，有的抽屜裡放滿了像小拇指般大小的瓶子，有些抽屜裡則裝了隔板，分別放了曬乾的果實和蕈菇，還有像是乾草、石頭和泥土的東西。

「這是怎麼回事？」

那個老爺爺竟然有這種奇妙的東西，良樹越來越搞不清楚那個老爺爺是什麼人了。

「不！這不重要，要先搞清楚剛才那頭山豬是從哪裡拿出來的。」良樹對自己說。

良樹打開了最下方的抽屜。

「啊？」抽屜內是一個小世界。

那裡是一個綠色果園，種了好幾棵果實纍纍的樹木，也有清澈的泉水，還有一棟像核桃般大小的房子，屋頂上蓋著茅草，每一樣東西都很精巧，看起來都像真的一樣。

「這是立體模型嗎？好厲害，簡直就像是真的。」

正當他感到佩服時，發現果園內有什麼東西動了起來。

「是不是有蟲子跑進去了？在哪裡呢？我來把蟲子抓出來。」

良樹這麼想著，把手指伸進去的下一剎那，就被一股很大的力量拉了進去。

「嗚哇！」在他發出叫聲的同時，就被拉進了抽屜裡。

「我掉進來了！不會吧！怎麼可能掉進抽屜？我真的掉進來了！」

「嗚哇啊啊啊！」他忍不住驚叫起來。

良樹猛然回過神，發現自己躺在地上，耳邊傳來雜草發出的沙沙聲，可以感受到自己躺在柔軟的草上。抬頭一看，樹上樹葉茂密，從樹葉縫隙可以看到藍天。

良樹站了起來，緩緩打量四周。他看到了樹，周圍有許多高大的樹，但並不是樹林，樹木和樹木之間有間隔，而且每一棵樹都被修剪過。

每棵樹上都結了很多桃子，空氣中帶著淡紅色的桃子所散發出來香噴噴的味道。

不過，良樹隨即想到：我從沒來過這裡，這裡到底是哪裡？

「我為什麼會在這種地方？」當良樹漸漸陷入恐慌時，聽到了歌聲。

「有人在這裡。」

良樹不想獨自留在這裡，於是不顧一切的朝著歌聲的方向跑去。每走一步，右腳的腳底就一陣刺痛。

被蜘蛛咬到的地方越來越痛了，但他現在沒時間理會這件事。最後，他看到了三個人，分別是一個男人，兩個女人，他們身上都穿著很奇怪的寬鬆衣服，而且都戴著面具。那三個人分別戴著蛇、牛和猴子的面具。

戴著猴子面具的男人爬到桃子樹上，摘了桃子後丟下來。戴著蛇和牛面具的是女人，接過桃子後，放在一個大籃子裡。三個人一邊摘桃子，一邊開心的唱著歌。

嗨喲嗨喲，嗦啦嗦啦。
鮮花盛開桃源鄉，
桃花桃花朵朵開，
全都長成大桃子。
漂亮桃子紅通通，
一口一口甜如蜜。
採桃子呀摘桃子，
千壽萬壽幸福來。

嗨喲嗨喲，嗦啦嗦啦。

良樹被歌聲吸引，忍不住走上前。

三個人立刻停了下來，注視著良樹。

「你是誰？」

「為什麼會有小孩子在這裡？」

「是桃公帶來的嗎？」

「不，不可能。……小孩，你是從哪裡來的？」

戴猴子面具的人很凶的問，良樹努力想用很有禮貌的聲音回答，但隨即感到右腳一陣劇痛。

「好熱！好痛啊！」良樹的右腳疼痛得好像火山爆發，痛感擴散到腰部和左腳。

良樹無法發出聲音，猛然倒在地上，眼前一片黑暗，但可以聽到周圍的聲音。

「喂！你怎麼了！」

「出事了！玖佚！趕快把他抱去涼亭！」

「交給我吧。」

良樹雖然意識有點模糊，但隱約感覺到一雙有力的手臂把他抱了起來，像風一樣快速把他抱去某個地方。

他感受到明亮的光芒，知道自己已經離開了果樹園。

他微微睜開眼睛，看到遠處有一棟茅草屋頂的房子，而且自己離那棟房子越來越近。

他覺得好像在哪裡看過那棟房子。

良樹腦海中閃過這個念頭時，他就昏了過去。

當良樹醒來時，發現自己躺在舒服的床上，枕頭和床墊都是草編的，散發出青草的香氣。

他似乎是在某個房子內，剛才的那三個人站在良樹周圍，正低頭看著他。

「啊！」

良樹身體縮了縮，腳一下子又痛了起來。

他低頭一看，鞋子和襪子已經被脫了下來，褲管也被拉起來，露出右腿。

他的右腿變了樣，從腳尖到小腿，出現了無數鮮豔紫色的斑點，而且仔細一看，斑點的形狀像骷髏頭。

看起來實在太可怕了，良樹忍不住尖叫起來。

「這、這是什麼……我、我的腳、怎、怎麼了？」

「你不必這麼害怕。」戴著牛面具的高大女人溫柔的對他說。

「我叫『玖佚』，戴著猴子面具的是『延啟』，蛇面具的是『俐恩』。小弟弟，你再等一下下，翼哲去叫瑪珂茉和堯了，瑪珂茉精通藥草，堯精通醫學，他們一定可以幫你。」

「但、但是，這要去醫院才行。我、我想回家，這裡是哪裡？我到底是在哪裡？」

良樹驚慌失措，戴著猴子面具的延啟大喝一聲：「吵死了！不要亂吼亂叫，不必擔心，我們會把你送回原來的世界。你這種傢伙在這裡，我們才困擾呢。」

「延啟，你不要說這種傷人的話。」

戴著蛇面具的俐恩溫和的責備他，然後轉頭看著良樹說：

「小弟弟，我相信你已經知道了，這裡不是你該來的世界。我想知道你是怎麼進來這裡的，你可以告訴我嗎？」

「呃……我也不太清楚。我只是……啊，對了，我在看老爺爺木箱子的抽屜……結果就發現自己在這裡了。」

「原來是這樣。嗯……所以並不是那個爺爺送你來這裡，對不對？」

「嗯……不是，是我自己去看那個木箱子……早知道就不看了。」良樹抱著頭。

但是，那三個人似乎也很傷腦筋，他們小聲討論起來。

「俐恩，這不太妙。如果他說的話是真的，意味著桃公根本不知道他闖進來這裡。」

「而且他腳上的斑點……如果不趕快讓他回去原來的世界，後果可能會很嚴重。」

「我也這麼覺得，但是桃公才剛帶奕諾出去不久，應該暫時不會回來桃源鄉。」

「真傷腦筋啊。」

良樹聽了這幾個奇怪的人討論之後，更加不安了。

「什麼？我的狀況這麼嚴重嗎？」良樹的腳真的很痛，明明躺著，腳卻陣陣抽痛，好像有什麼東西在骨頭裡面抽動。

良樹又看了一眼自己的腳，忍不住大吃一驚。剛才只有小腿以下有那些可怕又噁心的斑點，沒想到現在連膝蓋上也有好幾個骷髏頭斑點。

「斑點擴散了！這是怎麼一回事！」

正當他準備尖叫時，又有三個人走進了房子。這三個人也都戴著面具，瘦瘦高高的男人是馬，有一頭蓬鬆鬈曲頭髮的小孩是羊，另一個個子嬌小的女人是兔子。

馬面男人精神抖擻的說：

「對不起，我來晚了，因為一直找不到瑪珂茉。」

「又不是我的錯，是你自己找錯地方。」

「好了好了，你們等一下再吵。瑪珂茉、堯，你們趕快看一下這個孩子。」

「好。」

一個羊臉和一個兔臉的人走向良樹，兔臉的人仔細檢查了良樹的腳，而羊臉的人則摸著良樹的手腕和額頭，看著良樹的眼睛。良樹屏住呼吸，一動也不動。

片刻之後，他們互看了一眼，又點了點頭。

「我認為是靈斑症。」

「瑪珂茉，我也同意你的看法。」

戴著羊面具的孩子靜靜的說完後，對良樹說：「我叫堯，你叫什麼名字？」

「我、我叫良樹。」

「這樣啊。良樹，你有沒有去墓地搗蛋？有沒有在不該吵鬧的地方、不該玩樂的地方跑來跑去，放聲大笑？」

良樹內心很緊張，這些都是他剛剛做過的事，但他拚命為自己辯解。

「雖然我在墓地稍微搗蛋了一下，但我並沒有跑來跑去，真……真的只有稍微搗蛋一下。」

「嗯……這樣很不妙。」

良樹聽到他用沉重的語氣說這句話，內心更緊張了。

「為、為什麼？怎樣很不妙？」

「墓地通常都是靈場，人的想法和靈魂很容易聚集在那裡。來悼念死者的人會受到保護，但如果有人是在墓地搗蛋，『看守』就不會原諒他，因為這等於侵犯了他們的地盤。」

「看……看守？」

「對，墓地的『看守』。……你有沒有被什麼蟲子叮咬？」

良樹頓時想起來了。

「你、你這麼一說，我想起來了，有一隻蜘蛛跑進我鞋子，很小的蜘蛛。」

「那就是看守，他把『汙穢』打進你身體了。」

「汙穢？」

「一些扭曲的想法、彆扭的情緒，總之就是不好的東西。俗話不是說，一旦在墓地受傷，即使是很小的傷口也很難癒合嗎？那是因為看守把汙穢從傷口送進人體裡，但看守通常很少會直接咬人。……你顯然闖了大禍，激怒他了。」

「我、我以前不知道這些事啊！」

良樹忍不住大叫起來。汙穢？看守？雖然他搞不太懂究竟是什麼東西，但聽起來好可怕。

「對不起！我道歉！我會好好道歉！所以請把我治好！這可以治好吧？」

他伸出手想要求救，腳又一陣劇痛。

良樹痛苦呻吟著，兔面具的女人遞給他一個碗，裡面裝了漆黑的液體，發出難聞的味道。

「你先喝這個。」

「這、這是藥嗎？」

「對。雖然很想給你喝天龍淚湯，但現在沒有材料，喝了這種藥，可以稍微消除疼痛。」

良樹戰戰兢兢的喝著碗裡的藥。喝了一口，整個舌頭好像燒了起來，一股灼熱感從喉嚨擴散到胃，接著一陣強烈的苦味，他簡直快昏過去了。

但是，他想趕快擺脫疼痛，所以還是努力喝完了。

沒想到真的舒服多了，他看向自己的腳，發現斑點也變淡了。

良樹鬆了一口氣，不過堯卻靜靜的對他說：「我必須先告訴你，這種藥只能發揮暫時的功效，很快又會覺得痛了，所以必須在你又開始痛之前趕快解決。而且……你把汙穢帶來這裡，我們也很傷腦筋，因為我們目前正在休息。」

「說白了，就是我們希望你趕快離開這裡。」延啟很不客氣的對良樹說。

堯立刻數落他：「延啟，你說話不要這麼刻薄，不管是為了他，還是為了我們，都要趕快找桃公來為他看病才行。桃公現在帶奕諾出門了，所以可能不會馬上回來。」

「那到底該怎麼辦？」

良樹又差一點陷入恐慌。因為雖然他知道這些戴面具的人正在討論自己的事，但完全聽不懂他們在說什麼。

「我、我完全聽不懂你們說的話。……我想回去原來的世界。」

「我們也希望趕快把你送回去。」

戴著牛面具的玫佚溫柔的說。

「但是，我們沒辦法自己離開這裡，只有桃公找我們的時候，我們才出得去。」

「不，等一下，不是有那個傢伙嗎？他能夠飛上天，也只有他能夠從這裡出去。玖佚，有辦法把這個小孩送出去了。」

「延啟，你以為我沒有想到嗎？但是那個傢伙的脾氣不是很差嗎？他不是還怒氣沖沖的說什麼桃公整天使喚他，害他的脖子都痛了嗎？他是絕對不會答應幫忙的。」

「嗯……那倒是。嗯？等一下。」

延啟突然露出了一副「想到好主意」的表情。

「如果不是直接拜託他把小孩帶出去，而是激怒他呢？」

「你在說什麼啊，一旦激怒他，不是會鬧翻天嗎？」

「所以說啊，只要他鬧翻天，桃公不是就會發現嗎？一旦桃公發現，不是就會把他抓出去教訓一頓嗎？到時候只要讓這個小孩『搭便車』就好了。」

「這……搞不好可以成功喔。」

「有道理，我也覺得會成功。」

「好，翼哲，你把這個小孩帶去他那裡。」

「好。」

戴著馬面具、名叫翼哲的男人突然把手伸向良樹，輕鬆的把良樹夾在腋下，走出了房子。

「喂！你、你要幹什麼！放我下來！」

「即使把你放下來，你也沒辦法走路，而且你也不可能跟上我的腳步。你別亂叫，乖乖別動就好。」

良樹突然感受到一陣風，原來是翼哲跑了起來。

良樹回頭看向後方，發現那幾個戴著面具的人都走出房子為他們送行，但那幾個人的身影越來越小。

良樹看到房子越來越小，突然恍然大悟。

「果然沒錯。」剛才良樹就覺得曾經看過那棟房子，原來就是木箱子抽屜內果園的那間房子，「所以我是在抽屜裡面嗎？」

正當他這麼想的時候，聽到了風從身旁吹過，發出了呼嘯聲，同時感覺到身體微微彈跳。

翼哲似乎跑得很快。

良樹想請他跑慢一點，但話都卡在喉嚨。

那位叫翼哲的男人不知道什麼時候不見了，忽然就變成一匹很大的馬載著良樹奔跑。那匹馬的鬃毛、尾巴和馬蹄是銀色，全身都是像黑夜般的黑色，牠用長長的鬃毛緊緊纏著良樹的手，讓他不會從馬背上掉落。

良樹呆若木雞，馬邊跑邊問他：「你很驚訝嗎？」

「你、你的聲音……你是翼哲嗎？」

「對啊，我是跑最快的『年神』——馬年的翼哲。」

「年、年神？」

「年神就是掌握一整年的神，總共有十二個年神。這裡是年神休息的地方，也叫桃源鄉。十二個年神在自己管理的那一年結束後，就會來到桃源鄉過日子，在充分休息的同時，等待自己輪值的那一年到來，桃公負責管理我們和桃源鄉。」

「桃公。」良樹從剛才就一直聽到這個名字。

「桃公該不會就是那個長鬍子的爺爺吧？他是不是戴了一頂很

大的草帽？」

「就是他。他的本名叫桃仙翁，除了守護這個桃源鄉，還會前往日本各地，調配有助於改善我們疲勞的中藥。他是我們的恩人，所以我們都願意協助他。」

「嗯……我剛才看到一頭很大的山豬從木箱子裡走出來，一身白毛，眼睛是紅色。」

「那是奕諾，是亥年的年神，因為很會尋找肉眼無法看到的蕈菇，所以桃公有時候會找他幫忙。」

「……」

良樹簡直快暈倒了，然後想到了一件事……

「我知道了，這全都是夢。雖然可以清楚感受到疼痛、氣味和風，但終究是夢而已，因為現實中不可能發生這種事。」良樹決定這麼想。

翼哲跑了十幾分鐘後，在一棵大樹前停下了腳步。

「我們到了。」

翼哲用鬃毛把良樹抱了起來，然後放在地上。

「你躲在樹後面，悄悄看向前方。」

良樹按照他的指示看向前方。

前方有一泓碧水滿滿的清泉，有個男人在水上面，而且竟然是懶洋洋的躺在水上，一邊吃著漂浮在水面上的桃子，一個接著一個。

不知道是否因為在吃桃子的關係，那個男人臉上沒有面具。他的臉看起來很年輕，而且像明星一樣帥氣，只不過臉上的表情看起來很不高興，而且眼睛竟然是藍色，一頭長髮和皺起的眉毛也是水藍色的。

良樹大吃一驚，翼哲在他身後小聲的說：

「那就是青箕，是最厲害的年神，在十二神中，只有他有飛天的本領，但大家都知道他脾氣很大，這一陣子他一直都心情不好，所以無論怎麼拜託他，他都不可能答應把你帶回原來的世界。」

「這……」

「所以我們要用其他方法，你要按照我說的去做。」

良樹豎起耳朵仔細聽，只怕自己漏聽任何一句話。

然後……良樹獨自悄悄走向清泉。他的腳又開始痛了，他可以感覺到毒素正慢慢從腳流向身體。他猜想原本右腿整條長滿了黑紫色的斑點，已經慢慢擴散到腰和肚子了。

「不不不，不必在意，反正這只是一個夢。」良樹咬緊牙關，總算來到清泉前。

水面上的男人停止吃桃子，目不轉睛的看了過來，咄咄逼人的眼神感覺很不好惹。

「你是誰？」

「那、那個……我、我……」

「原來你是人類，你為什麼會在這裡？」

「那個……桃公叫我……」

男人一聽到桃公的名字，露出了更加盛氣凌人的表情。

「他叫你來幹什麼？」

「桃公送我……來這裡，是要我……要我幫你按摩。因為你平時很努力，所以他要表達一點心意，這是犒賞喲。他、他要我這麼告訴你。」良樹總算把翼哲教他的話說了出來。

男人咄咄逼人的眼神稍微柔和了些。

「喔，所以他終於察覺到平時老是過度使喚我了嗎？他整天都把我叫出去，然後叫我做一些芝麻小事。……人類小鬼，你過來這裡，我特別恩准你來幫我按摩肩膀。」

「但、但是，我、不會游泳……」

「呿！人類真是麻煩。」

男人向良樹招了招手，良樹轉眼之間就出現在男人身旁。

「哇！」

「吵死了，我用了法術，所以你不會沉入水裡，趕快來幫我按摩肩膀。」

良樹無可奈何，只能為他按摩肩膀。

男人一下子說「再上面一點」，一下子說「多用點力氣」，百般挑剔，但可能漸漸感到舒服，臉上的表情也柔和起來。

良樹感覺到他的身體放鬆後，覺得目前是大好機會，於是不經意的開口說：

「對了，桃公還說，最近有一個很不識相的懶惰鬼。」

「喔？」

「那個懶惰鬼開口閉口都是抱怨，對任何事都嫌麻煩。桃公說，他很生氣，改天要把他烤焦，做成中藥。」

「烤、烤焦！」

男人睜開眼睛，猛然站了起來。當他站起來時，良樹才發現原來他很高大，差不多是良樹的兩倍高。他高大的身體好像被靜電包圍了。

「劈啪劈啪。」他全身發出金色的火花，對著天空大叫：

「桃仙翁！你這個死老頭！竟然在我背後說這種話！誰是懶惰鬼！說什麼要把我烤焦來做中藥！我、我絕對饒不了你！」

男人對著天空舉起拳頭，轉眼之間，天空中出現了烏雲，不一會兒，可怕的雲就遮住了整個天空。

下一剎那，閃起一道強光，轟隆隆的衝擊震撼了空氣。

打雷了，而且不是只有一次，雷不停打在地上和樹木上。

空氣中瀰漫著一股焦味，轟隆隆、劈哩劈哩的可怕聲音不絕於耳。

「啊、啊啊啊啊！」

良樹抱著頭想要逃走，但他的腳很痛，完全動彈不得，只能留在原地哇哇大叫。

男人根本不看良樹一眼，不停的大喊大叫：

「而且為什麼只有我得變成壁虎！那和我原本的樣子根本是天差地別，我完全無法接受。不光是這樣，只要遇到一點小事，就威脅我，說要把我烤焦，或是把我晒乾！簡直粗魯無禮！我絕對不原諒你！」

他的怒氣似乎召喚了雷電，一個更大的雷打在樹上，把樹木劈成了兩半，而且燒了起來，吐著紅色的火舌，冒起一大片黑煙。如果火燒到草，就會引起火災，到時候就會把這個果樹園燒光，也會把動彈不得的良樹燒死。

「啊啊，慘了，現在該怎麼辦？」

當他被越來越濃的黑煙嗆到時，不知道哪裡傳來一個巨大的聲音。

「哇啊啊！青箕，你、你在幹麼？趕快住手喲！」

良樹瞪大了眼睛。

因為他看到有一隻大手穿過黑雲，從天而降。那隻手伸了過來，把正在發怒的男人，和在男人腳下瑟縮成一團的良樹用力抓了起來。

「啊啊啊啊！」

良樹又昏了過去。

「喂，你醒醒，弟弟，你趕快起來喲。」

良樹聽到有人說話，也感受到有人在搖晃他的身體，才終於睜開了眼睛。

這裡是他剛才來過的墓地，眼前有一個戴著大草帽的爺爺。

「桃公……？」

「啊喲，你知道我？看來你見到了那些年神喲。嗯嗯，這樣事情就簡單多了喲。但是，你為什麼會在桃源鄉？青箕說不知道到底是怎麼回事？……該不會是你擅自打開了我的箱子，偷看抽屜嗎？是不是這樣？」

良樹無法回答。因為他在醒過來的同時，腳痛死了。他的腳趾已經失去了其他感覺，只剩下疼痛。

「嗚、嗚嗚嗚……」

「啊，你是不是傷口很痛？對不起，對不起，我應該先讓你吃藥。你得了靈斑症，我已經把藥調配好了，希望你能喝下去喲。」

桃公遞給他一個冒著熱氣的碗，裡面裝滿了白色的湯。

當良樹接過碗時，發現桃公肩上有一隻小動物。那是一隻淺色壁虎，藍色的眼睛不停的流著眼淚。

「牠、牠在哭……」

「喔，別擔心，因為我無論如何都需要這孩子的眼淚，所以把柳丁汁擦在牠的眼睛底下喲，所以才能做出這碗天龍淚湯。趕快趁熱喝了。」

「好、好。」

良樹喝了一口濃稠的藥。熱騰騰的藥有一點甜味，把這碗藥喝下去完全沒問題，於是他就一口氣喝了下去。

原本疼痛不已的腳漸漸不痛了。

良樹慌忙拉起褲腿，骷髏頭的紫斑竟然完全消失了。

不到一分鐘，良樹的腳就恢復了原狀。良樹鬆了一口氣，差一點就哭了出來。

「桃公，謝謝、謝謝你。」

「沒關係，沒關係，但你要記取教訓，下次不要在墓地做這種會引發靈斑症的事了。我有言在先，一旦看守的毒素進入體內，就無法消除了。如果你下次又在墓地搗蛋，紫斑馬上就會復活，死灰復燃。而且你別再隨便動別人的東西喲，知道了嗎？」

「知、知道了，對不起，我以後不會再犯了。」

良樹慌忙道歉，桃公笑著說：

「既然你已經知道了，那我就不多說了喲。那我走了，你也最好趕快回家喲。啊，對了對了，你在回家之前，要先付藥錢喲。」

「啊！要、要付錢嗎？」

「當然啊，我是賣中藥的，又不是在做慈善，給我一千元。」

「一、一千元，我沒那麼多錢。」

「那你有多少就給多少喲，我算你便宜一點。」

桃公伸出手，良樹無可奈何，只好把錢包裡的零錢全都交給他。

「這、這樣夠嗎？我可以走了嗎？」

「好，可以喲。」

良樹看到桃公點頭，拔腿跑了起來，回到家之前，他都沒有停下腳步。

回到家裡，衝進自己的房間後，他才終於鬆了一口氣。

「今、今天真是太慘了，為什麼偏偏是我遇到這種事！」

這是他這輩子第一次那麼痛，也是第一次遇到這麼可怕的事。而且身上的錢全都被桃公搜刮走了。

「但是……我已經拍到了照片，也算是值得了。明天要好好秀給大家看。……不知道拍得怎麼樣。」

良樹急忙確認了相機上的照片，令人高興的是，那些照片都很完好，而且拍到了超多有趣的照片。

他忍不住露出笑容時，發現了一件事。

「嗯？這是什麼？鏡頭沾到什麼東西了嗎？」

良樹為了確認，把照片放大，然後尖叫起來。

照片中的良樹跨坐在墓碑上，他的腳上有小蜘蛛，蜘蛛具有一張人的臉，而且數量不只一隻。

墓碑後方、草叢裡，到處都是長了人臉的蜘蛛，全都一動也不動的盯著良樹。

『看守』！這些都是看守！」

良樹渾身起了雞皮疙瘩，慌忙把照片全都刪掉了。他這段時間都不想再拍照了。

桃公目送良樹的背影離去後，瞥了一眼肩膀上的壁虎。

「青箕，現在輪到你了，你為什麼又亂發脾氣喲？因為你貢獻了眼淚，所以我就不再罵你了，但你再不聽話，我真的要把你烤焦做成中藥。」

「啾、啾嗚！」

「你不必多說了，再怎麼辯解都沒用喲。」

「啾嗚嗚嗚嗚！」

「啊，你這種態度就叫惱羞成怒！你要好好反省喲！」

桃公在數落青箕的同時，背起了木箱。

桃公的中藥處方箋之3

天龍淚湯

用法及用量

趁熱喝下一碗。

作用與功效

可以治好因為惹怒靈而導致的靈斑症，消除骷髏頭的斑點。

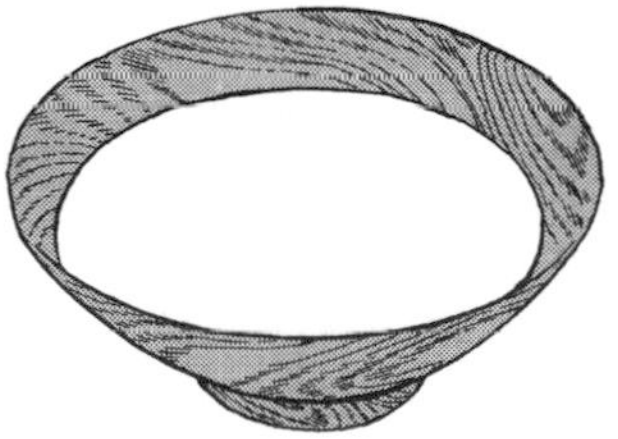

使用注意事項

靈毒一旦進入體內，就無法消除，還要小心症狀死灰復燃。

後記

桃公身上背了一個神奇的木箱，

他可以調配出各種魔法般的中藥。

他到處趴趴走，想去哪就去哪，

今天在這個城市，明天又出現在那個城市，

也許會出現在你住的城市。

十二生肖圖鑑

你知道十二地支或是十二生肖是什麼嗎？
經常會有人說自己出生是龍年或虎年，
這又是什麼意思呢？

在華人傳統文化中，
有用十二種動物配合十二地支所形成的紀年系統，
每一年有不同的代表動物，也就是十二生肖。
除了中國、臺灣地區外，
日本和韓國也會用十二地支
來代表時刻、日、月、年和方位。
像是「午時」，代表的是上午11：00到下午1：00，
而現代人也會用上午、下午或是正午來代表時間，
此外，地支也可以表示方位，
像是「丑寅方位」等，
這種用動物來代表每一年的時間很有趣吧！
試著查一查你出生的那一年代表哪個方位吧！
應該會很有趣喔。

書中十二生肖的動物將和桃公一起大顯身手，
你出生時的代表生肖動物會有什麼活躍的表現嗎？
真是讓人好期待啊！
你出生的那一年是什麼年？
想更了解自己出生那一年的意義嗎？
那就來聽聽桃公介紹十二生肖吧！

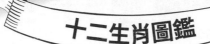

1 子

代表動物 鼠

出生年分 1936年・1948年・1960年・1972年・1984年・1996年・2008年・2020年・2032年等

子月 11月　對應方位 北　代表時刻 24點

性格 十二生肖中排名第一，工作勤奮，也很機靈喲！生命力旺盛，也很擅長細膩的工作。

2 丑

代表動物 牛

出生年分 1937年・1949年・1961年・1973年・1985年・1997年・2009年・2021年・2033年

丑月 12月　代表時刻 2點

性格 牛年出生的人雖然很我行我素，但還是在前進的路上。很懂得忍耐，有時候也很有速度感喲！

3 寅

代表動物 虎

出生年分 1938年・1950年・1962年・1974年・1986年・1998年・2010年・2022年・2034年

寅月 1月　代表時刻 4點

性格 富有勇氣，具勇於挑戰精神的孩子！可以發揮強大領導力，帶領同伴一起進步喲。

4 卯

代表動物 兔

出生年分 1939年・1951年・1963年・1975年・1987年・1999年・2011年・2023年・2035年

卯月 2月　對應方位 東　代表時刻 6點

性格 兔年出生的人氣質高雅，個性細膩。因爲能夠注意到一些細節，所以能夠獲得大家的信賴。很有創作方面的才華喲！

辰

代表動物 龍

5

出生年分 1940年·1952年·1964年·1976年·1988年·2000年·2012年·2024年·2036年

辰月 3月 代表時刻 8點

性格 生命力旺盛，很有自己的特色，行動力超強！具有龍的廣大視野，可以在天空自由翱翔，不受任何人的束縛喲！

6

巳

代表動物 蛇

出生年分 1941年·1953年·1965年·1977年·1989年·2001年·2013年·2025年·2037年

巳月 4月 代表時刻 10點

性格 蛇年生的人很喜歡思考，富有分析力，也很喜歡有趣的事！像蛇一樣，具有無往不利的隨機應變能力和探究心喲！

7

午

代表動物 馬

出生年分 1942年·1954年·1966年·1978年·1990年·2002年·2014年·2026年·2038年

午月 5月 對應方位 南 代表時刻 12點

性格 馬年出生的人頭腦靈活，瞬間爆發力很強。能夠憑著這種速度感，比別人更快挑戰各種事物喲。

8

未

代表動物 羊

出生年分 1943年·1955年·1967年·1979年·1991年·2003年·2015年·2027年·2039年

未月 6月 代表時刻 14點

性格 很溫柔體貼，善解人意喲！很擅長營造和平的氣氛，也擅長傾聽，是一位好聽眾，理解力也很強喲。

申 9

代表動物 猴

出生年分 1994年・1956年・1968年・1980年・1992年・2004年・2016年・2028年・2040年

申月 7月　代表時刻 16點

性格 手很靈巧，個性很風趣，大部分的人都很受歡迎喲。能營造歡樂氣氛，很聰明，所以經常有創新的點子，樣樣都行！

酉 10

代表動物 雞

出生年分 1945年・1957年・1969年・1981年・1993年・2005年・2017年・2029年・2041年

酉月 8月　對應方位 西　代表時刻 18點

性格 一大早就開始活動，頭腦很聰明喲。直覺很敏銳，第六感非常強，能夠從和別人不同的角度看問題，可以好好發揮特點喲。

戌 11

代表動物 狗

出生年分 1946年・1958年・1970年・1982年・1994年・2006年・2018年・2030年・2042年

戌月 9月　代表時刻 20時

性格 有強烈正義感，做事很認真喲。也很珍惜朋友，具有領導力。最受朋友的信賴喲！

亥 12

代表動物 豬

出生年分 1947年・1959年・1971年・1983年・1995年・2007年・2019年・2031年・2043年

亥月 10月　代表時刻 22點

性格 耿直的人，發生問題時能夠正面解決。不僅具有毅力，還具有堅持到底的動力，能夠成就大事喲。

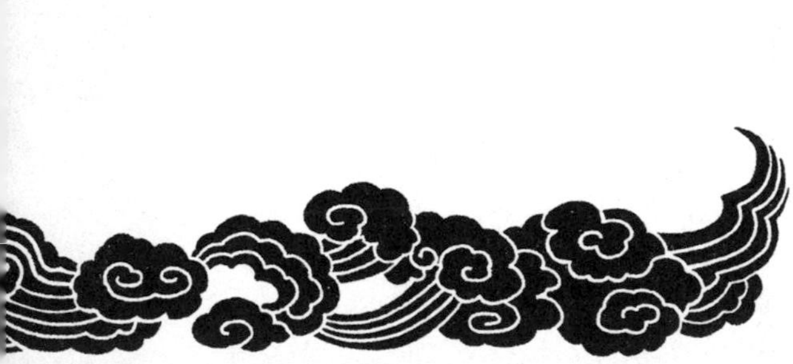

推薦文

屬於新世代的寓言——廣嶋玲子的廣嶋式八寶粥

◎文／顏志豪（兒童文學作家、兒童文學研究所博士）

「寓言」指的是一種含有教育性質或者警示意味的短篇故事，比較常見的有印度的「伊索寓言」，以動物為角色教導孩子各種人情義理。臺灣常見的寓言故事，可能就是各種民間故事，從小就告訴孩子「舉頭三尺有神明」、「善有善報、惡有惡報」等道理，教導孩子正確的處世價值。

近年，廣嶋玲子的奇幻作品襲捲臺灣，成為孩子最喜歡的奇幻作家。在書市普遍慘澹的時代，還有這麼暢銷的作品，究竟是怎麼一回事？我認為她的作品暢銷的主要原因是——她寫出屬於這個時代的「寓言體」，不只讓孩子沉浸在閱讀故事的趣味中，家長也樂於買單。

臺灣的童書市場上，常有不少來自父母與出版社對於童書的想像或是設定。而「功能」與「教育」是近期父母對於童書的期待，希望童書能多做點「什麼」，例如在閱讀的同時，能夠同時吸收知識，如果能順便讓成績變好，那就太棒了。不過，廣嶋玲子的作品顯然不是這類，但她卻也有額外價值。她讓孩子在閱讀時，能夠教會孩子所謂「人生的道理」，舉凡一些壞習慣，或者是不好的思想導正，這與「寓言體」不謀而合。在另一方面，恐怖刺激的情節和精彩絕倫的想像力，同時讓孩子愛不釋手。

我認為《怪奇漢方桃印》系列是目前所有廣嶋玲子的作品中，最為成熟也最為精彩的一套，廣嶋玲子把最好的食材與技術都放在這部作品裡，包括：超有意思的角色、峰迴路轉的情節、驚悚恐怖的情節、甜而不膩的寓言道理、拍案叫絕的想像力、就發生在你家附近、超實用的選題，以及保證安全的回家，烹煮出回味無窮的「廣嶋式八寶粥」——

- **第一，超有意思的角色：**故事的主角是一個有點無厘頭，販賣各種稀奇古怪中藥的桃公，只要小主角遇到一些怪事，他的中藥就能成為解藥，但是要獲得解藥沒有那麼簡單！
- **第二，峰迴路轉的情節：**很多時候當你天真的以為故事就會這樣發展時，故事馬上會來個大轉彎，讓你措手不及，超乎預期！
- **第三，驚悚詭異的氛圍：**這套作品善於營造氛圍，有些真的令人心驚膽跳，不寒而慄。千萬記得不要太著迷，三更半夜不睡覺偷看，不然嚇到不敢上廁所，那我可不負責喔！
- **第四，甜而不膩的寓言道理：**你會發現許多故事中所藏的道理，充滿著無比的智慧，而且故事真是好聽，不會讓人覺得好囉唆，真無聊！

・**第五，拍案叫絕的想像力**：你知道什麼是「相親相愛香」嗎？你知道「退魔封蟲散」、「木偶娃娃心丹」怎麼做的嗎？這系列一定會讓你的腦洞大開。

・**第六，故事就發生在你家附近**：你可能在路上、或者放學的途中，可能就會遇到桃公或者妖怪，真的不用出國，浪費你的零用錢！

・**第七，超實用的選題**：你一定會有嫉妒別人的時候，你一定有害怕的時候，你一定有想把你的兄弟姐妹弄消失的時候，這些都是你平常會遇到的問題，先來看看，萬一發生時，可以怎麼辦！

・**第八，保證安全回家**：作家廣嶋玲子很壞，會故意讓你坐上恐怖的雲霄飛車，或者讓你不小心誤入鬼屋。不過放心啦，她其實是一個大好人，故事的最後，一定會安全的送你回家。

這絕對是我吃過最好吃的「廣嶋式八寶粥」，你真的絕對不能錯過！

推薦文

用故事推開生命議題的大門

◎文／彭遠芬（臺南市國語文輔導團專任輔導員、閱讀推手）

如果廣嶋玲子全新力作《怪奇漢方桃印》在臺灣童書界再掀起另一波搶讀新熱潮，那實在澈澈底底的是一件可預期的美事！

繼《神奇柑仔店》、《魔法十年屋》系列在小學生圖書館引發空前絕後的好評熱浪，這次《怪奇漢方桃印》系列故事的布局之精采華麗，肯定要再度跌破大家的眼鏡，教人忍不住大嘆廣嶋玲子這位童書奇才深入人心的人性洞察力，以及無邊無際的故事編創想像力——直擊孩子的靈魂，寫到痛處，搔到癢處，那日日夜夜在青春年少的夢裡恍惚的人生課題和生活思索，學校沒教、大人沒說，卻彷若在書裡都能獲得解答，宛如打通任督二脈，無怪乎孩子拿起書本便情不自禁的一頭栽入，欲罷不能。

一直以來，廣嶋玲子的作品之所以打動人心，是因為她總是能夠深刻又生動的表現孩子重要的成長課題，並巧妙的透過奇幻、想像與魔法等元素，傳達「符合正道」的正向價值觀，跳脫一味說教的乏味口吻，使孩子自然的在故事的虛實之間，找到生命提問的解答。

廣嶋玲子對人性理解甚深，世界上沒有刻意使自己墮落的人，每個人都帶著或多或少的傷痕，努力的想成為更好的人。順著這樣的成長性思維邏輯，將孩子在成長歷程必經的羡慕、嫉妒與愛恨情結，以生活化的故事鋪陳，使孩子讀來自然感同身受，再藉由寓意深遠的魔幻元素，如日本文化與妖怪等作為包裝，呼應孩子潛意識中對於善、惡二元的判斷和想像。孩子將會在閱讀的過程中，潛移默化的隨著故事情的推展，面對自己內心深處不論醜惡或美善的原始樣貌，包括對惡與誘惑的恐懼，以及對善和共好的渴望等，這是孩子真摯無聲的自我對話，也是學習釐清並建立正向價值觀的珍貴歷程。

要跟孩子解釋這樣的生命議題是太過抽象的過程，但是藉著故事的高潮迭起，孩子就能夠很自然的進入與自我思想對話的昇華行動。此外，這次廣嶋玲子特別強調「坦然面對」與「和解」的重要，每個被原始欲望驅使的主角，若想要脫離困境，不若《神奇柑仔店》、《魔法十年屋》裡的角色那般，能輕易如願以償，而必須要先正視自己不夠好的那一面，並且鼓起足夠大的勇氣，和身邊的人坦承，因為打開人我對話的通道，才能真正在互動的經驗中轉化、成長，這正是讓人覺得《怪奇漢方桃印》的深度更上一層的關鍵。

書中不乏直白的指出「扭曲的想法、彆扭的情緒就是『汀穢』」，幫助孩子釐清自己內心感到「矛盾」、「忐忑」，甚至「卡住」、「不通暢」隱約作祟時的心靈困境，更多次強調「靈魂的正直」對生命旅程的重要性，諸多細節，都是親子能透過共讀，來場「心靈對話」的絕佳契機，讓我們陪伴孩子一起推開心靈之門，在《怪奇漢方桃印》中找到更好的自己！

給桃公的一封信

如果有機會遇到桃公和青箕，你希望他們能幫你解決什麼生活中的困擾呢？跟著以下的引導，寫一封信給桃公，告訴他你的心願吧。（請注意，越能說出這個困擾和你內心需求的關聯，桃公越有可能幫助你喔！）

1. 問候：介紹你是誰？有什麼獨特之處？
2. 困境：你遇到的困擾是什麼？你的情緒感受是什麼？
3. 解決：你期待桃公用什麼方式幫助你？可能適合哪一種魔藥？
4. 結語：解決困擾後，你會用什麼方式來報答桃公？為什麼？最後別忘了禮貌，記得加上祝福語和署名喔！

怪奇漢方桃印 1

給你一帖退魔封蟲散！

作　　者｜廣嶋玲子
插　　圖｜田中相
譯　　者｜王蘊潔

責任編輯｜楊琇珊
封面設計｜陳宛妤
電腦排版｜中原造像股份有限公司
行銷企劃｜葉怡伶、林思妤

天下雜誌創辦人｜殷允芃
董事長兼執行長｜何琦瑜
兒童產品事業群
副總經理｜林彥傑
總 編 輯｜林欣靜
主　　編｜李幼婷
版權主任｜何晨瑋、黃微真

出 版 者｜親子天下股份有限公司
地　　址｜台北市104建國北路一段96號4樓
電　　話｜（02）2509-2800　傳真｜（02）2509-2462
網　　址｜www.parenting.com.tw
讀者服務專線｜（02）2662-0332　週一～週五：09:00~17:30
讀者服務傳真｜（02）2662-6048
客服信箱｜bill@cw.com.tw
法律顧問｜台英國際商務法律事務所 · 羅明通律師
製版印刷｜中原造像股份有限公司
總 經 銷｜大和圖書有限公司　電話：（02）8990-2588

出版日期｜2022年11月第一版第一次印行
定　　價｜320元
書　　號｜BKKCJ090P
ISBN｜978-626-305-350-2（平裝）

訂購服務
親子天下 Shopping｜shopping.parenting.com.tw
海外 · 大量訂購｜parenting@cw.com.tw
書香花園｜台北市建國北路二段6巷11號　電話（02）2506-1635
劃撥帳號｜50331356　親子天下股份有限公司

立即購買 >

國家圖書館出版品預行編目資料

怪奇漢方桃印1：給你一帖退魔封蟲散！／廣嶋玲子 文；田中相 圖；王蘊潔 譯. -- 初版. -- 臺北市：親子天下股份有限公司, 2021.11
224面；17X21公分. --（樂讀456系列；90）

ISBN 978-626-305-350-2（平裝）

861.596　　111016569

答案